PACTE AVEC UN MILLIARDAIRE

MAUVAIS MECS MILLIARDAIRES - TOME 4

JESSA JAMES

Pacte avec un milliardaire: copyright © 2017 par Jessa James

Tous droits réservés. Aucune partie de ce livre ne peut être reproduite ou transmise sous quelque forme que ce soit ou de quelque manière, électronique, numérique ou mécanique. Cela comprend mais n'est pas limité à la photocopie, l'enregistrement, le scannage ou tout type de stockage de données et de système de recherche sans l'accord écrit et expresse de l'auteure.

Publié par Jessa James
James, Jessa
Pacte avec un milliardaire

Design de la couverture copyright 2020 par Jessa James, auteure
Crédit pour les images/photos : Deposit Photos: xload; 4045qd; Ssilver

Note de l'éditeur :
Ce livre a été écrit pour un public adulte. Ce livre peut contenir des scènes de sexe explicite. Les activités sexuelles inclues dans ce livre sont strictement des fantaisies destinées à des adultes et toute activité ou risque pris par les personnages fictifs dans cette histoire ne sont ni approuvés ni encouragés par l'auteur ou l'éditeur.

NOUVELLES DE JESSA JAMES

Abonnez-vous à ma liste de lecteurs VIP français ici :
http://ksapublishers.com/s/jessafrancais

1

yatt Preston

En manœuvrant à travers la vaste propriété du Country Club, je ne pus m'empêcher de penser qu'il existait bien un moment où quelqu'un pouvait avoir trop d'argent. Est-ce que l'herbe avait vraiment besoin d'être aussi verte ? En Afrique, des enfants n'avaient même pas assez d'eau pour boire et ces gars endimanchés en permanence s'inquiétaient d'un brin d'herbe trop sec ? Ces gens, et leurs priorités... Je haussai les épaules pour dissiper mon mouvement d'humeur et garai ma berline devant la cabine du voiturier. Le jeune homme qui vint à ma rencontre, un adolescent, avait l'air particulièrement peu impressionné par ma voiture. Il était probablement habitué à voir des voitures de sports et des cabriolets. Désolé, gamin, songeai-je en lui envoyant les clefs.

Je franchis les marches de marbre rapidement et ne

pus retenir un sourire devant le panneau annonçant l'événement : « Anniversaire de Victoria « Tori » Elliott : Hall Principal ». Mon Dieu, même son nom me faisait hausser les yeux au ciel avec tendresse. Je travaillais pour Buchanan Industries dans le secteur financier depuis quelques années, directement après mes années à l'université. J'avais été embauché grâce à mon meilleur ami, Jeffrey Buchanan, et j'avais rencontré Tori lors de mon deuxième jour là-bas. C'était l'une des assistantes personnelles d'un gros bonnet, mais j'aurais pu jurer que son vrai travail consistait à voler trois ou quatre battements de mon cœur chaque fois qu'elle entrait dans une pièce. Elle ne savait même pas que j'existais, ou bien elle m'ignorait parce qu'elle pensait parce que j'étais trop jeune et bien trop stupide. Elle n'aurait pas entièrement tort, sur ce point.

Je n'avais que vingt-quatre ans, mais je savais que mes yeux me donnaient un air bien plus vieux. La plupart des femmes avait déjà parlé du contraste entre mes traits juvéniles et la vieillesse de mon âme. Apparemment, grandir dans des familles d'accueil ne préservait pas autant que ces enfants avec des parents en bonne santé et un vrai foyer. Mais personne ne voulait s'apitoyer sur cette vérité, pensai-je en passant les portes doubles massives en acajou qui menaient au Hall Principal. Évidemment, Carter, un des grands frères Buchanan et le patron de Tori, avait mis le paquet pour son assistante personnelle favorite. Tout comme sa fiancée, Emma.

Il y avait des tulipes partout et je me félicitai intérieurement d'avoir pensé à prendre mes antihistaminiques ce matin. Le dos des chaises était recouvert d'une sorte de tissu laineux et les tables de soie resplendissante, avec des lumières scintillantes partout. Même le mâle insensibilisé que j'étais pouvais voir que la disposition globale était magnifique. Presque aussi magnifique que la femme qui se tenait là, entourée de ses collègues, à côté du buffet. Mon dieu, elle était radieuse.

Ses cheveux châtains étaient détachés dans son dos, une vision bien rare et très appréciée, de l'avis de ma bite. Elle portait un chemisier violet et un pantalon décontracté, avec des talons aiguilles aguicheurs qui me donnaient envie de pleurer. Ses yeux d'un marron profond se refermèrent quand elle rit doucement à la blague d'un abruti du service informatique. Les dents de Tori étaient d'un blanc éclatant, parfaites, et je vis que ses joues étaient roses, probablement à cause de sa coupe de champagne. Quoi qu'elle porte, tout lui allait toujours bien. Je pris une longue inspiration et essayai de me détendre, passant une main dans mes cheveux blonds rasés sur les côtés, comme si un cheveu pouvait ne pas être en place.

Je redressai mon col et me rappelai que je ne portais pas de cravate. Intérieurement, je remerciai Jeff de m'avoir prévenu que c'était un évènement à moitié professionnel, ce qui voulait dire que je portais tout de même mon costume bleu cobalt repassé, avec ma chemise blanche en lin, boutonnée jusqu'en haut. Même si je n'avais aucune idée de ce qu'était le bleu cobalt, j'avais remarqué que les femmes admiraient bien plus mes yeux océan bleu sombre quand je portais cet ensemble. J'espérais que Tori ne serait pas immunisée à son charme. Oh attends, tu te fais des idées là, Wyatt.

Comme le type asocial que j'étais, je me rapprochai du buffet, perdis toute motivation et allai parler à mes collègues plutôt qu'à la fille dont c'était l'anniversaire. Nous échangeâmes des banalités, tandis que j'essayais de reculer discrètement pour me rapprocher de son petit groupe de femmes, dans l'espoir que je me retournerais pile au bon moment pour rencontrer son regard. Je fus distrait un instant par le passage de Carter et d'Emma dans mon groupe pour dire bonjour à tout le monde. Emma était ravissante – presque aussi radieuse que Tori, et Carter avait posé une main au creux de sa hanche en un geste possessif.

L'espace d'un instant, je rêvai éveillé d'être aussi proche de Tori, et Carter et Emma cessèrent leur conversation pour me regarder avec insistance. Je secouai la tête, revenant de mon voyage au pays imaginaire, et reportai mon attention sur la conversation. Aie l'air sympa, Wyatt !

« Tout va bien, Wyatt ? demanda Emma en posant une main sur mon épaule.

- Oui, très bien, j'ai juste besoin de manger, je crois, » marmonnai-je en avançant vers la nourriture. La dernière chose dont j'avais besoin, c'était que les gens s'inquiètent de me voir m'évanouir. Carter laissa échapper un petit rire et m'accorda un clin d'œil entendu après avoir regardé Tori par-dessus son épaule.

« La fille de la fête attend probablement que tu viennes lui dire bonjour, Wyatt. Bouge-toi le cul et va lui parler, » me dit-il d'un ton rauque et je me sentis rougir légèrement. Merde, ton patron sait que tu es amoureux et t'es trop peureux pour y faire quoi que ce soit ! Je me repris, adressai un hochement de tête à Carter et me mis à marcher vers Tori. Je m'assurai tout de même que ma trajectoire me permette de l'éviter, au cas où nos regards se rencontraient et que je panique.

Alors que je m'approchais à une distance raisonnable, j'entendis les femmes du petit groupe massé autour d'elle fondre en petits cris attendrissants devant le portable d'une collègue. Elle leur montrait des photos de son nouveau-né et je ne pus retenir un sourire. Qu'est-ce que j'y pouvais ? J'adorais les enfants. Je décidai de laisser les demoiselles à leur extase avant d'arriver parmi elles et contournai le groupe pour me diriger vers les apéritifs.

J'avais le dos tourné au groupe et j'attendais le moment propice pour me retourner, quand j'entendis Tori prendre une inspiration profonde. Elle la relâcha brusquement et déclara, « J'ai décidé d'aller à une banque du sperme. C'est mon cadeau à moi-même, pour mes trente ans. Je vais avoir un bébé et pas besoin d'homme pour ça. » Les femmes qui l'entouraient eurent un moment de flottement avant de se rapprocher d'elle pour la féliciter et feindre des encouragements.

« C'est très courageux de ta part !
- Tu vas faire une super maman !
- C'est génial pour toi. Bravo ! »

Toutes ces femmes étaient aussi choquées que moi, mais pour des raisons évidemment différentes. Elles pensaient sûrement que d'élever un enfant était incroyablement dur – même avec un partenaire à ses côtés – mais moi, je ne pouvais m'empêcher de me demander pourquoi elle voulait un don de sperme. Un homme, un vrai, lui aurait donné des enfants et l'aurait aidé à les élever. Je sentis l'homme des cavernes en moi se rebeller et frapper son torse à l'idée qu'un type au hasard puisse répandre sa semence sur un territoire que j'avais convoité. Et une des choses que je voulais le plus dans ce monde, c'était avoir une famille – une vraie famille. Une qui ne vous abandonne pas. Et maintenant, Tori voulait avoir cette famille toute seule.

Je compris que j'étais bouleversé, bien plus que ce que je n'aurais dû l'être. Je pensais avoir quelques mois de plus, peut-être même quelques années, pour faire la cour à Tori, lui faire comprendre que oui, j'avais six ans de moins qu'elle, mais que je n'étais pas comme les autres types. Merde ! Tout était ma faute, je pensais que j'avais encore du temps. Au bureau, elle avait souvent affirmé qu'elle en avait marre des garçons, mais je ne pensais pas qu'elle voudrait d'un bébé sans avoir un homme. Je me repris suffisamment pour me ruer vers les toilettes des hommes, espérant de tout mon cœur que je n'avais pas l'air d'avoir le feu au cul comme j'en avais l'impression.

Une fois dans les toilettes, ridiculement ornementées de marbres et de gravures diverses, je m'assurai que personne ne se trouvait dans les cabines avant de faire le point. « T'es un con, Wyatt ! Tu aurais dû y aller avant. Tu aurais dû lui dire ce que tu ressentais, on s'en fout de l'âge ! Maintenant, elle va faire la turlutte avec une éprouvette et tu vas rester toute ta vie avec ta bite dans tes mains ! »

Je lâchai un grognement de dégoût sonore et passai mes mains dans mes cheveux maintenant décoiffés tout en faisant les cent pas. Je poussai un autre long soupir douloureux et me tournai vers le lavabo. Je tâchai de me recoiffer et me regardai droit dans les yeux dans le miroir. Je sentais que tout mon énervement commençait à bouillir, juste sous la surface, et qu'il n'allait pas tarder à exploser.

Chapitre 1

Quand j'avais rencontré Jeff à l'université, c'était par pur hasard. J'avais réussi à entrer à l'université de justesse, à un point où j'étais hors du système et où je n'avais pas de ressources. J'avais bossé plus que de raison pour avoir ma licence et j'avais réussi à rencontrer Jeff dans ma dernière année. Malgré mes efforts pour rester dans les rails, être le fils illégitime d'un père bon à rien et d'une accro au crack avait ses mauvais côtés. J'étais totalement perdu, même si je m'étais tellement acharné à raccrocher les wagons de ma vie qu'on aurait pu croire, de l'extérieur, que j'avais réussi à m'en tirer.

Mais le premier jour où j'avais vu Victoria Elliott, lors de mon deuxième jour à Buchanan Industries, j'avais pensé, « C'est elle. C'est la fille qui va me forcer à tout arranger dans ma vie. Pour elle, je le ferai. » Et même si elle ne me donnait pas l'impression de connaître mon existence, je travaillais chaque jour à être un homme meilleur pour elle. Pour qu'un jour, elle lève les yeux de sa putain d'imprimante et voit un homme, pas un garçon. Un homme qui serait digne d'elle.

Et maintenant, elle allait se retrouver les jambes en l'air à une clinique, pour qu'on lui injecte du sperme pressé à froid. Plutôt que d'être dans les bras de quelqu'un qui l'aimait, qui voulait partager sa vie avec elle. Quelqu'un qui voulait être un père.

Je m'accordai un dernier regard dans le miroir avant de me dire, « C'est le moment ou jamais, Preston. Reprends-toi, putain. Tu lâches ta bite et tu fais tout pour la tenir loin de cette éprouvette. » Je me retournai pour sortir des toilettes et manquai de renverser un vieil homme qui, apparemment, avait surgi de nulle part. Je sentis l'air quitter mes poumons tandis que je rougissais furieusement. Il m'avait forcément entendu. Meeeeerde.

Il leva ses yeux laiteux vers moi, et je ne pus m'empêcher d'assimiler ses sourcils à des chenilles poilues. Il me dit, « On doit tous s'encourager à un moment ou à un autre, petit. Vas-y, va la chercher. »

T'es vraiment mauvais, Preston, songeai-je en contournant l'homme après l'avoir remercié. Je me secouai pour oublier cette rencontre avec le Père des Temps et me dirigeai vers le Hall Principal pour y retrouver la future mère de mes enfants. Je devais trouver un moyen de la convaincre qu'une clinique à sperme n'était pas la seule solution qui s'offrait à elle. Je dois y arriver, pensai-je en accélérant mon allure. Je n'ai plus beaucoup de temps.

2
─────

ori Elliott

Je compris que je n'aurais pas dû parler de ma visite prochaine à une banque du sperme à mes collègues à la seconde où la phrase franchissait mes lèvres. Je regardai les visages passer du choc à la pitié pour finir au jugement affiché et je savais que je ne pouvais pas revenir en arrière. Bien joué, Tori.

« C'est vrai, je ne sais même pas si je peux être enceinte. Mon salaud d'ex-fiancé n'a jamais réussi et maintenant je suis même assez contente qu'on ait pas essayé in-vitro. Je n'ai juste pas envie de me retrouver à quarante ans, seule et sans enfant, vous voyez ? » Je jetai un regard circulaire, me raccrochant à ce qu'il me restait de dignité.

Certaines collègues affichaient un air compatissant mais, comme une machine bien huilée, elles commencèrent à jeter des coups d'œil à travers la pièce ou à consulter leur portable. Quelle manière efficace de faire peur à tout le monde, championne. Je roulai des yeux à mon attention et portai mon verre de champagne à mes lèvres. Au moins, tu peux te soûler maintenant, me repris-je intérieurement en me retournant pour prendre quelques-unes de ces pâtisseries au crabe délicieuses qui trônaient sur la table du buffet. Alors que je pivotais sur mes talons fantastiquement hauts, je me heurtai directement à Pourquoi-Pas-Wyatt, le gars du secteur financier à la tête de poupon, qui était le seul homme sur ma liste de « Pourquoi Pas ».

Depuis ma rupture, j'avais renié les hommes intégralement, mais j'avais décidé que je pourrais faire une exception pour ce petit chef-d'œuvre. Il devait bien faire un mètre quatre-vingts, avec une carrure qui laissait penser qu'il était garde du corps, mais son costume décontracté italien lui allait bien quand même. En plus de ça, il savait trouver la couleur bleue qui était précisément celle qui correspondait à ses yeux, et ses cheveux avaient cette précision dans le dégradé qu'on doit à une coupe au rasoir. Pourquoi-Pas-Wyatt semblait sortir tout droit d'une couverture de magazine, mais le meilleur restait qu'il n'en savait rien. Je dus me mordre la lèvre pour retenir un soupir. Ça faisait tellement longtemps que je n'avais pas couché.

Le véritable bordel qu'avaient été mes fiançailles s'était fini quand j'avais enfin compris que je n'aurais pas d'avenir avec Henri. J'avais aussi compris qu'il s'aimait, lui et d'autres femmes, un peu plus que ce qu'il ne m'aimait moi. On avait été ensemble pendant six ans, dont trois durant lesquels nous étions fiancés. Mais il n'avait jamais essayé de songer à une vraie date, n'avait jamais eu envie de parler de mariage. Je m'étais surprise à essayer d'éviter le sujet avec mes amies, m'interdisant de trop espérer parce que je ne savais pas si ça allait se faire.

Et puis un jour, je l'avais surpris à baiser l'esthéticienne. Même à ce moment, je n'avais pas eu le courage de rompre. Heureusement, lui l'avait eu. J'avais pensé que ce n'était qu'un moment d'égarement, qu'il reviendrait me supplier de le reprendre. Mais, grâce à ma mère qui adorait me rappeler que j'étais célibataire, j'avais découvert que ces deux-là s'étaient fiancés. Après seulement six semaines ensemble. Je suppose que ce n'était pas que moi qu'il ne voulait pas avoir comme femme. Je grognai légèrement à mes pensées intérieures et me souvint subitement que Wyatt se tenait devant moi, depuis probablement trente longues secondes.

« Uh... salut, Wyatt. Comment ça va ? Merci d'être venu, » bafouillai-je en essayant de camoufler ma douloureuse expérience mentale. Il avait l'air plutôt préoccupé de ma santé mentale d'ailleurs, les sourcils relevés de surprise ou d'inquiétude.

« Salut, Tori. Joyeux anniversaire, la salle est superbe, répondit Wyatt en ponctuant sa phrase d'un signe de main.

- Oui, elle est magnifique. J'avais dit à Carter de garder ça simple mais tu le connais. Tout ça, c'est un peu beaucoup, mais c'est un très joli geste, » repris-je en fixant mon regard directement sur Carter et sur Emma. Alors que j'allais me retourner vers Wyatt, je remarquai le regard que Carter lui jeta, ponctué d'un clin d'œil. À mes côtés, Wyatt changea d'appui d'un air inconfortable et je me retournai vers lui. Sa peau bronzée magnifique était rougie légèrement sur le haut de ses joues, comme un enfant qui aurait couru trop longtemps dans le froid.

Je continuai de le regarder quand soudainement, les yeux de Wyatt passèrent d'un bleu profond à une nuance de gris métallique comme de la glace. Il se redressa et, brusquement, il avait l'air d'un homme qui avait une mission, et je n'avais aucune idée de la manière dont je devais continuer la conversation. Alors que je commençais à regarder autour de moi pour trouver un moyen de m'échapper, ce fut à mon tour de rougir de la tête aux pieds quand Wyatt reprit la parole.

Wyatt ouvrit la bouche et dit, « J'ai entendu ce que tu as dit à Jeanne, et aux autres femmes. Sur la banque du sperme. J'aimerai te proposer une alternative à ça. » Au début, je sentis ma température augmenter de rage. Comment osait-il écouter les conversations des autres ! Puis je réalisai que, quand j'en avais parlé, je me tenais juste à côté de l'endroit où tout le monde était à une fête. La table du buffet. Merde, j'espère que personne d'autre n'avait entendu ça, pensai-je en reprenant un examen plus attentif de Wyatt.

Je remarquai que ses joues avaient un peu plus rougi, mais pas du tout d'embarras. C'était plutôt d'excitation, peut-être même d'excitation sexuelle. Son corps était tourné vers le mien et j'eus l'impression qu'il gardait ses mains en poings pour s'empêcher de me toucher. À cette pensée, je me sentis m'attendrir. Qui aurait pu penser que Pourquoi-Pas-Wyatt me trouverait attirante ? Je ne pensais même pas qu'il m'avait remarquée. Je n'étais qu'une des nombreuses assistantes des hauts gradés et j'étais bien sûre bien plus vieille que lui. Attends, les hommes ne sont pas censés aimer les femmes plus jeunes qu'eux, plutôt que les plus vieilles ? Quoi qu'il en soit, Pourquoi-Pas-Wyatt venait de me proposer une alternative à une visite à la banque du sperme. Il ne pouvait pas être sérieux, mais, à bien y réfléchir... pourquoi pas, au fond ?

Je fus surprise de ma propre réaction. Je me redressai et le regardai droit dans les yeux, mes iris marrons contre ses bleus. « Et qu'est-ce que tu me proposes, Wyatt Preston ? » Ses yeux s'allumèrent quand il entendit son nom franchir mes lèvres et, je le jure, je ne pus m'empêcher de penser que j'aimerais voir ces yeux me regarder me déshabiller. Je voulais ressentir son regard sur mes tétons, mes cuisses, mon sexe. Tout doux, les hormones, me repris-je intérieurement.

Nous continuions à nous regarder l'un l'autre, et il devint assez évident pour moi que, ce qu'il proposait comme alternative, c'était lui. Il s'offrait, lui. Bien sûr, il ne me proposait que du sexe, il n'avait aucune intention de vraiment faire un bébé. Il avait simplement dû voir ça comme une opportunité pour coucher avec moi. Mais je n'avais eu aucune chance de tomber enceinte avec Henry – même sans pilule. La banque du sperme était probablement ma seule chance de surmonter mon infertilité. Mais il n'a pas besoin de savoir tout ça, me susurra le petit démon sur mon épaule. Il pourrait penser être un Bon Samaritain pour toi, pendant que tu profiterais d'une petite chevauchée fantastique pour ta trentième bougie.

Je me raclai la gorge et ses yeux se fixèrent dans le creux de mon cou, tandis que je ravalai un soupir sensuel. Oh oui, il allait vraiment apprécier de me voir me déshabiller. « Tori, je... » commença Wyatt en regardant tout autour de lui, comme s'il allait me dévoiler le plus grand secret du monde. Il se rapprocha de moi et posa ses mains sur mes hanches, ses paumes massives sur le tissu de mon chemisier violet favori. Je sentis des flammes parcourir mes hanches, le long de la courbe de mon cul, jusqu'à mes hauts-talons modèle « Que-quelqu'un-me-baise-par-pitié. »

« J'ai eu envie de te baiser dès que je t'ai vue, » bafouilla-t-il, et je sentis mes genoux faiblir, sans pour autant céder, lorsque mon sexe pulsa en réponse à sa phrase. La vache, ça devait être l'une des choses les plus sexy que j'avais jamais entendue. Je continuai à cligner des yeux, déglutis furieusement, et essayai de reprendre mes esprits.

« Et, c'est ton anniversaire. Alors, j'aimerai beaucoup te donner un petit cadeau. Enfin, pas petit. Je veux te donner une des nuits les plus folles que tu n'aies jamais eue. C'est tout. C'est mon cadeau pour toi. » Je sentis mon sourire s'élargir devant les mots qui sortaient de ces lèvres parfaites et pleines, et je hochai la tête avant d'avoir trop pu y réfléchir.

« Ça m'a l'air d'être le meilleur cadeau du monde, » répondis-je, et je fus récompensée par un sourire éclatant qui m'électrifia. Nous nous sourîmes l'un à l'autre comme deux enfants stupides, que j'avais l'impression que nous étions.

Wyatt arrêta subitement de sourire et me regarda d'un air empreint de gravité, auquel je ne m'attendais pas du tout au regard de son sourire précédent. « Il n'y a qu'un petit détail à régler, » me fit-il, et je sentis mon estomac devenir lourd. Il avait changé d'avis. Il voulait quand même utiliser un préservatif. Il aimait se déguiser en femme et prendre des fessées... il y avait quelque chose. Il sembla comprendre que mes pensées dérivaient et posa ses mains sur mes épaules, les massant délicatement.

« Hé, hé, j'essayais de faire une blague, pas de te faire peur. La seule mauvaise nouvelle du moment, c'est qu'on doit trouver un moyen d'échapper à cette pièce remplie de collègues pour que tu puisses... tu sais... ouvrir ton cadeau d'anniversaire, » finit-il dans un sourire sexy. Je me détendis sensiblement et commençai à examiner discrètement la pièce.

« Il y a une porte de sortie derrière cet énorme palmier, » lui murmurai-je, côte-à-côte. Nous avions l'air de deux collègues qui parlaient du beau temps, quand bien même nous étions en train de préméditer notre escapade sexuelle.

« L'un d'entre nous devrait aller aux toilettes, pendant que l'autre se faufile dehors. Si on nous voit partir en même temps, ça pourrait ne pas plaire à certains. Surtout si on prend un moment à revenir, » ajouta-t-il au creux de mon oreille et je sentis des frissons parcourir ma colonne vertébrale. Ça allait vraiment être le meilleur sexe de toute ma vie.

« Je vais aller me 'repoudrer le nez' à la salle de bains de l'étage. Retrouve-moi là-bas. C'est dans l'aile nord, derrière un tas de faux arbres. Peut-être que les gens oublieront tous les détails, s'ils ont besoin d'aller aux toilettes, » ajoutai-je, et il rit légèrement. J'eus l'impression étrange que Pourquoi-Pas-Wyatt et moi, nous nous ressemblions. Très clairement, nous aimions tous deux l'idée d'organiser une bonne évasion.

J'agrippai sa main masculine une seconde, le

caressant le long de son pouce en relâchant ma prise. Il avait des cals, ce qui était bizarre pour un comptable, mais qu'est-ce que c'était sexy. Je sentis sa main se tendre quand j'arrivais au bout de son pouce et je le pinçai légèrement – un avant-goût des choses à venir, pensai-je. Je le regardai à travers mes cils, heureuse d'avoir les cheveux détachés pour cacher mes rougissements. Nous nous regardions et j'étais reconnaissante du fait que personne ne soit à côté de nous – la tension était à couper au couteau.

Je m'avançai légèrement pour jeter un œil à la salle et vis que tout le monde ou presque était occupé par les conversations. Je me rapprochai des portes massives qui menaient au hall d'entrée, mais n'avais d'œil que pour les escaliers à côté. Alors quand Frank, l'un de mes anciens collègues, s'introduisit dans mon champ de vision, je lâchai un grognement sonore. Dégage de là, Frank, j'ai pas le temps pour toi !

Alors que j'allais ralentir pour lui faire part de mon urgence de poudrage de nez, Emma et Carter jaillirent pour sauver la situation. Je haussai les sourcils de surprise, puis rencontrai le regard d'Emma, pleins de concupiscence. Je rougis et me mordis la lèvre en essayant d'éviter le visage de Carter, mais le vis quand même. Il souriait d'une oreille à l'autre et je pouvais entendre son rire grave et profond remonter de son ventre. Ils savaient que j'allais faire un petit coup rapide avec Wyatt ! La honte.

Mais cette pensée ne m'arrêta pas. Au contraire, elle me redonna de l'entrain. Donne-moi une bonne histoire à raconter sur mon trentième anniversaire, demandai-je à l'univers. C'est tout ce qu'il me faut. Une putain de bonne histoire à me raconter, pour me calmer quand je serais une mère seule incapable d'avoir un rencard. J'envoyai ma prière silencieuse à l'univers et gravis les marches à toute vitesse, bien contente que le tapis de sol soit assez épais pour camoufler le son de mitraillette de mes talons. Je parvins à l'aile nord, totalement concentrée sur la porte des toilettes et amenai mon cul musclé par les leçons de Pilates à l'intérieur sans la moindre hésitation.

3

JE FERMAI la porte derrière moi et allai me placer au fond de la pièce, vérifiant les cabines au passage. Il n'y en avait que trois dans ces toilettes, probablement utilisées par le personnel, vu le manque de marbre et de gravures sur les surfaces. Elles étaient tout de même sympas, avec un petit canapé en coin en face de la porte. J'essayai de calmer les pensées qui me vinrent à l'esprit quant à ce que je pourrais y faire avec Wyatt. Putain, mais où est Wyatt ? pensai-je soudain, me demandant si je devais me déshabiller avant qu'il n'arrive.

Ma culotte était trempée et, pour une fois, je n'étais pas embarrassée par la réaction de mon corps à la situation. C'est les hormones, me rassurai-je. C'était plutôt l'idée que l'homme sublime en bas des escaliers puisse me clouer au mur de plâtre froid avec sa bite, mais qu'importe. Alors que je commençais à m'inquiéter, la porte s'ouvrit en grinçant et s'arrêta. Wyatt entra, le visage rouge et les yeux empreints de désir.

« Désolé, Frank, ce vieux type, m'a demandé si je savais où était passée sa femme, » me sourit-il avant de refermer la porte et de fermer le verrou du haut avec désinvolture. Le bras levé, je pouvais voir que son costume lui allait parfaitement et qu'il ne faisait que cacher les muscles de son dos – et qu'il montrait bien aussi la forme de son cul. Alors qu'il se retournait pour me faire face, je ne pus m'empêcher de ressentir de nouveau cette ressemblance entre nous, cette connexion. Je ne me sentais pas mal à l'aise, je me sentais prête.

« Je vais prendre mon cadeau, Monsieur, » dis-je en présentant mes mains en avant, en espérant avoir un air innocent de petite fille. Il s'approcha de moi sans me quitter des yeux, comme s'il était sur le point d'exploser. Ses yeux océaniques étaient en fait scintillants et sauvages. Il tendit ses mains et prit les miennes pour les serrer. Il passa mes deux petites mains délicates dans une seule des siennes, immenses, et utilisa l'autre pour m'attraper délicatement au niveau de la nuque. Wyatt me rapprocha de lui, sans brutalité, mais avec assez de force pour que je sache ce qu'il envisageait.

« Embrasse-moi, Victoria, » demanda-t-il, et je n'étais que trop contente de l'exaucer. J'ouvris mes lèvres pour lui et son visage resta en suspens pour une seconde de plus, épuisante, avant qu'il ne baisse la tête. Je fermai les yeux quand nos lèvres se rencontrèrent et sentis des frissons parcourir ma gorge et mes seins. Mes tétons durcirent et mon dos s'arqua, appuyant mes seins contre son torse d'une manière assez désespérée. Ça ne m'était encore jamais arrivé.

Je serais incapable de dire combien de temps dura notre baiser. Des minutes ? Des mois ? Mais quand nos lèvres se séparèrent, mon visage était rougi, mes cheveux étaient emmêlés et j'étais assez sûre que j'allais avoir besoin d'une nouvelle culotte. Mon dieu, j'étais tellement prête. Mes yeux s'ouvrirent en papillonnant et je sentis son regard sur le bouton du haut de mon chemisier. « Enlève ta chemise, » fit-il dans un soupir, tout aussi excité que moi. Je baissai le regard sur mon haut et ne pus m'empêcher de remarquer la bosse qui était apparue entre nous, l'érection que son pantalon bleu cobalt serré n'aidait en rien à cacher.

Cette vue me motiva davantage et je manquai d'arracher ma chemise dans mon effort pour me rapprocher de lui, de nous sentir peau contre peau. À la seconde où mon chemisier alla frapper le mur derrière nous et glissa au sol, je sentis son regard de feu se poser sur moi. J'avais effrontément décidé de ne pas mettre de soutien-gorge ce matin – j'avais peut-être trente ans, mais mes seins en avaient encore vingt-cinq, m'étais-je dit. Alors j'étais là, les seins exposés à l'air un peu frais. Wyatt avait l'air d'avoir gagné au loto, et était prêt à me ramener dans sa caverne. Ses narines s'évasèrent et le rouge de son visage s'accentua. Son torse s'élargit et il m'attrapa sommairement par la taille pour me rapprocher de lui. Ses yeux ne quittaient pas un instant mes seins, mon ventre, la courbe de mes hanches. Je ne m'étais jamais sentie aussi sexy et je n'étais même pas totalement nue !

Les yeux de Wyatt rencontrèrent les miens un instant et il se mordit la lèvre. « Je vais te baiser, Tori, mais je veux que tu saches que je pense que tu es la femme la plus magnifique que j'aie jamais vue. Et ça, je l'ai pensé dès le premier jour que je t'ai vu, » s'arrêta-t-il un instant. Ses mains vinrent se poser sur mon visage, repoussant mes cheveux châtains décoiffés pour me regarder dans les yeux.

« Mais assez de tout ça. Enlève ton pantalon, ou je vais le faire pour toi. »

Je ris un peu à cette idée et j'eus l'impression d'être une étudiante avec son amoureux. Je reculai en ondulant des hanches, pour me diriger vers le canapé. J'enlevai la fermeture éclair de mon pantalon et le fit glisser aussi sensuellement que possible sans tomber, mes yeux chocolat plantés dans ceux de Wyatt, si bleus. Je gardai ma culotte, même si elle était détrempée et laissai mon pantalon tomber autour de mes talons hauts sexy. Je l'enjambai et me tins devint Wyatt, dans ma culotte fuchsia satinée, mes talons aiguilles noirs et rien d'autre. J'avais l'impression de n'avoir jamais été autant désirée.

Wyatt me regardait exactement comme je l'avais imaginé quand nous étions encore dans le Hall Principal ; comme un homme en feu qui aurait trouvé une source d'eau. Comme s'il n'avait jamais rien vu d'aussi magnifique de sa vie. Et je fondais totalement. J'allais retirer mes chaussures quand il grogna, « Garde tes talons. » Je lui souris et fis un petit tour sur moi-même.

« Tu aimes les talons hauts sexy, pas vrai ? Et bien, je les garde si tu te dépêches de me donner ce cadeau dont tu m'as parl... » Il était sur moi avant que je puisse faire sortir les mots de ma bouche. Ses mains calleuses m'attrapèrent par les hanches, puis par le cul. Il l'agrippa fort et souleva tout mon corps pour le presser contre le sien. Nos lèvres se retrouvèrent et il me tint contre lui plus fort encore, de sorte que je fus forcée d'enrouler mes jambes autour de sa taille.

Il fit exactement ce que j'avais rêvé qu'il fasse. Il me souleva et me plaqua contre le mur à l'opposé de la porte et quand je sentis le lambris froid dans mon dos, je me mis à haleter. Le froid força mes tétons à durcir encore plus, et, comme si Wyatt l'avait senti, ou peut-être qu'il l'avait ressenti à travers son costume, ses yeux se baissèrent dessus et il eut un sourire espiègle. Il leva le regard sur moi tandis que sa bouche partait vers le bas. Il déposa des baisers jusqu'à mon sternum, enfonçant son visage dans l'espace entre mes seins au passage. Ses baisers chauds le menèrent d'abord à mon téton gauche, où le bouton de rose réclamait sa bouche.

Soudain, la bouche de Wyatt était sur moi, suçotant délicatement et j'arquai mon dos encore plus, réalisant que ce mouvement poussait le monticule de sa bite exactement à mon entrée. Oh mon dieu. Il remarqua ce contact, lui aussi et donna un coup de hanches pour me rencontrer.

« Si tu continues comme ça, je vais tremper ton pantalon aussi, » gémis-je tandis qu'il s'approchait de mon téton droit. Il leva le regard sur moi d'un air confus, puis le baissa et comprit ce que je voulais dire. Ma culotte était entièrement inutile. J'étais totalement mouillée et, quand il le comprit, il grogna et vint poser sa tête sur mon épaule droite. « Merde, Tori, j'ai pas le temps de souffler. Tu es vraiment obligée de sortir tous les instants sexy de l'univers ? »

Je ris contre sa tête et m'excusai de mes manières

inconsidérées. Les mains rudes qui tenaient mon cul se rapprochèrent de l'intérieur de mes cuisses et je me raidis, soudain tendue. Ses mains continuèrent à se rapprocher de mon sexe et je n'avais jamais été aussi proche de m'enflammer de toute ma vie. Ses doigts rencontrèrent enfin le tissu satiné de ma culotte et il put se faire une idée de mon degré d'excitation. Wyatt grogna presque, un son qui laissait à penser qu'il allait perdre tout contrôle. J'entendis un léger déchirement, et sentis ma culotte tomber au sol.

Le son et la sensation de ma culotte arrachée me fit quelque chose d'étrange et mes hanches vinrent mettre mon sexe au-dessus de sa main, le forçant à me toucher davantage. Il vint mettre une main contre mon épaule et utilisa son propre torse pour me maintenir plus serrée contre le mur. Wyatt contrôlait tout et que je sois damnée si ça n'était pas sexy.

« Ne bouge pas, » ordonna-t-il en relâchant mon cul et mes talons heurtèrent le sol carrelé avec un petit son. L'espace d'une seconde, je fus déçue qu'il ne me prenne pas contre le mur, puis je vis qu'il ne faisait qu'enlever son pantalon. Dès qu'il eut enlevé la ceinture, le bouton, et la fermeture éclair, sa bite jaillit, prête à l'action. Mes genoux faiblirent à la vue des veines qui couraient sur le côté et à ce bout parfaitement formé qui précédait toute sa longueur.

Alors que j'admirais l'œuvre de Dieu, il m'attrapa de nouveau par les hanches et souleva tout mon poids rien qu'avec cette prise. J'enroulai mes jambes autour de lui plus rapidement que j'aurais cru possible et l'attrapai sommairement avec mes bras, rapprochant nos deux corps. Je l'embrassai fort, sachant pertinemment que nous allions tous les deux avoir du mal à cacher notre rencontre intime en retournant en bas.

Mais je n'en avais rien à foutre, je sentais sa bite se nicher contre mon sexe tandis que nous explorions nos bouches respectives. Je resserrai mon emprise sur sa nuque et arquai mon dos pour que mes tétons effleurent le tissu de sa veste – la rugosité me chatouilla. Les mains de Wyatt étaient encore sur mes hanches et je remarquai vaguement que sa poigne était assez forte pour laisser une marque. Tant pis. Je passai mes mains autour de son cou jusqu'à son torse, et sous sa veste bleu cobalt. *Enlève ce putain de truc !* fut tout ce qui me vint à l'esprit, et apparemment, Wyatt comprit mon message.

Nous le débarrassâmes maladroitement de sa veste et je commençai à travailler pour retirer les boutons de sa chemise, surexcitée. Je parvins à déboutonner le dernier et tirai la chemise le long de ses bras en soupirant. Il avait un léger duvet de poils sur ses pectoraux, clair comme ses cheveux. Mais mon Dieu, ces muscles. Ses pectoraux étaient fermes, sculptés et menaient directement à ses abdos, qui étaient bien définis sans être intimidants. Les muscles de ses bras pulsaient tandis qu'il me maintenait et l'impulsion de son pelvis mettait en avant le V de ses muscles, qui me donnait envie de le lécher sur toute la longueur de son corps.

Et entre ces muscles en V se tenait sa bite, qui tressaillait entre nous deux comme un défi à relever. Sans nous allonger, ça allait être compliqué de prendre toute sa longueur en moi – ça faisait six longs mois. Mais, alors que nos yeux se rencontrèrent une dernière fois, je savais que nous allions nous amuser à essayer de faire marcher tout ça. Nos lèvres se rencontrèrent une dernière fois avant que ses bras ne me soulèvent plus haut et qu'il ne change d'appui pour poser sa bite à mon entrée. À la seconde où nos deux corps se rencontrèrent, il y eut une étincelle qui claqua entre nous.

Nos corps firent le reste et je m'adossai contre le mur tandis qu'il entrait en moi. Il y eut une demi-seconde de pincement, de pression, puis la délivrance après qu'il fut rentré. Sa bite était chaude, tellement chaude en moi que je sentis toute ma tension s'évaporer rapidement. Nous gémîmes tous deux, fort, et nous nous reposâmes l'un sur l'autre. J'ondulai un peu des hanches pour essayer d'accueillir davantage de sa longueur en moi.

« Je ne pense pas pouvoir te prendre tout entier, » murmurai-je à son oreille, gigotant d'une manière peu féminine. Il grogna, comme s'il essayait d'ignorer mes mots, et son corps rua en moi, me laissant savoir que Wyatt se retenait à grand-peine. J'eus le souffle coupé lorsqu'il se glissa plus profondément en moi encore, et qu'il prit un peu de recul pour me regarder. Notre regard se ficha l'un dans l'autre alors même que, à la force de ses bras, il soulevait mon corps de haut en bas sur sa bite, avec l'angle exact pour que la boule de nerf au-dessus de mon sexe frotte contre lui.

Je sentis mon corps se tendre tandis que nous continuions à nous regarder, dans un moment si intime qu'il me surprit. Je songeai un bref instant à ces gens en bas, qui se demandaient où nous étions, mais fut immédiatement envahie par une autre poussée de la bite de Wyatt. Mes jambes voulaient s'écarter davantage pour l'accueillir et, comme s'il l'avait senti, Wyatt me coupa le souffle en s'enfonçant d'un coup en moi.

Sa bite vint frapper mon point G et, avec la morsure

de son coup de hanche, c'était suffisant pour faire arriver un orgasme auquel je ne m'attendais pas. Je me tendis, les dents serrées, et pris son visage dans mes mains.

« Wyatt, je vais jouir, » haletai-je, le regard fixé sur lui tandis que je sentis la sensation passer du creux de mes hanches à mes bras pour revenir à mon clitoris. Ma phrase le relança dans sa foulée et il poussa plus fort contre moi, ce qui frotta mon clitoris. Il continua à marteler en moi, doucement au début, puis de plus en plus vite en sentant mon sexe se resserrer autour de lui.

Wyatt ne ralentit pas et je me retenais à peine à son épaule, me sentant devenir faible à cause des sensations. Sa bite jaillit brusquement en moi et la réalisation qu'il allait éjaculer me fit basculer. Nous jouîmes ensemble, pressés l'un contre l'autre dans une furie à la fois animale et intime. Sa semence m'emplit, son éjaculation durant plus longtemps que ce à quoi je m'attendais. La chaleur était intense, tellement intense, et j'en étais reconnaissante.

Nous retombâmes l'un contre l'autre. J'étais toujours maintenue sur sa bite et contre le mur. Wyatt recula, se retirant lentement pour que nous puissions tous les deux profiter des sensations.

« Merci, murmurai-je, le regardant à travers mes cils. C'est vraiment le meilleur cadeau d'anniversaire que j'ai jamais eu. » Il me sourit comme un petit garçon, l'air timide et flatté tout d'un coup.

« Si ça peut te rassurer, c'est aussi le meilleur cadeau que j'ai jamais eu, » me chuchota-t-il en retour. Nous laissâmes le silence retomber tandis qu'il me relâchait pour que mes pieds retrouvent le sol. Pas un mot ne fut prononcé tandis que nous ramassions nos vêtements par terre. Ils étaient froissés comme du papier, et mes cheveux étaient totalement décoiffés – il était impossible que je quitte la fête sans que tout le monde ne comprenne.

Alors que j'allais demander à Wyatt de me faire sortir discrètement pour que personne ne voit ce à quoi je ressemblais, on vint frapper à la porte. Wyatt se dépêcha de se mettre dans l'angle mort derrière la porte et je bondis pour l'ouvrir et jeter un œil dans l'entrebâillement.

Je lâchai un soupir de soulagement audible. Ce n'était qu'Emma et elle avait, gracieusement, amené quelques cadeaux. Une brosse à cheveux, un nouveau chemisier et du déodorant. « Je garde ces choses à portée de main maintenant, tu sais... juste au cas où, » expliqua-t-elle, et je rougis de la tête aux pieds. J'agrippai son avant-bras en un remerciement silencieux avant de presque lui claquer la porte au nez. Je retirai mon chemisier violet par-dessus la tête, passai celui qu'Emma m'avait apporté – dans les tons roses – et me brossai sommairement les cheveux.

Pendant tout ce temps, Wyatt me regarda en silence, les yeux fixés sur moi comme s'il n'arrivait pas à croire qu'on venait de baiser. Je n'y arrivais pas non plus. Je passai le déodorant sur mes aisselles et me tins devant le miroir pour bien me voir. Mon maquillage était un peu passé, mais ça allait – j'avais cet air sensuel de « Je viens de baiser » que j'essayais toujours d'avoir, en vain. Parce que oui, il faut baiser pour y arriver, Tori.

« Tu es encore plus époustouflante qu'avant, déclara Wyatt depuis son coin contre le mur. Je ne savais pas que c'était possible, mais tu es absolument radieuse.

- N'aie pas l'air si fier de toi, mon cher, » lui répondis-je avec un sourire. Je me retournai pour le regarder, et me rapprochai de la porte.

« Et bien, repris-je. Je suppose qu'on devrait retourner en bas, » fis-je en le détaillant avec envie. Je n'avais pas vraiment envie de partir, mais ça faisait au moins quinze minutes, et les gens allaient commencer à remarquer notre absence.

« Et si je retournais à la sortie du Hall Principal et que tu passais par l'entrée normale ? On peut échanger et je prétendrai que j'ai renversé du champagne sur mon chemisier, que j'ai dû aller en chercher un autre.

- Ça me semble bien. » me répondit Wyatt, avec un air encore moins enjoué que moi à l'idée de sortir de notre petite bulle. Il me sourit, néanmoins, un sourire un peu triste de petit chiot et ça me fit me mettre sur la pointe des pieds pour déposer un baiser doux et attentionné sur ses lèvres.

« C'était vraiment le meilleur cadeau qu'on m'ait jamais fait, Wyatt. Merci, » dis-je, et j'ouvris la porte. Emma était dans le couloir et nous prîmes l'escalier de derrière ensemble, retenant nos rires sur le chemin. En quelques secondes à peine, cependant, j'entendis les chaussures de ville de Wyatt marteler le tapis derrière nous. Il nous courait après ! Je me retournai et Emma continua gentiment à marcher pour nous laisser un peu d'espace. Je levai les yeux sur Wyatt, perplexe, et il m'attrapa dans un baiser rapide et sexy. Sa langue s'enroula avec la mienne et il souffla contre mes lèvres, « Tu sais, ça prend généralement plus d'une fois pour faire un bébé. Rentre avec moi ce soir, » demanda-t-il.

Et j'étais là, souriante, acquiesçant à son idée, à

l'embrasser en retour. « Je te suivrai sur le chemin du retour, quand on en aura fini ici. »

Emma et moi retournâmes discrètement au Hall Principal, comme deux adolescentes qui rentreraient de soirée à une heure indue. Je jetai un œil par-dessus mon épaule et vit Wyatt dans la salle. Nos regards se croisèrent au même instant et nous dûmes tous deux nous détourner pour cacher nos sourires.

Cadeau d'Anniversaire, Round 2... c'est parti.

4

yatt

Je me réveillai, me sentant courbaturé à tous les bons endroits et détendu partout ailleurs. Un sourire se ficha sur mon visage sans même que j'y pense quand je me retournai et vis Tori couchée à côté de moi, ses cheveux châtains en pagaille sur mes draps. La couverture n'aidait en rien à cacher la courbe élégante de son corps et le bout de ses seins qui pointait d'une manière séduisante qui me donnait envie de les pincer.

Je décidai de laisser à cette pauvre femme du temps pour dormir et sortis lentement du lit en essayant de bouger le moins possible. J'allais lui amener le petit-déjeuner au lit. Peut-être que comme ça, elle me verrait comme autre chose qu'un coup d'un soir. Je me dirigeai vers la cuisine, pieds nus et silencieux dans mon appartement et le sourire que j'avais collé au visage s'élargit. J'avais convaincu Tori Elliott de rentrer avec moi. Je ne savais pas si elle pensait à moi autrement qu'un coup facile, mais c'était déjà une opportunité. C'est tout ce dont j'avais besoin.

Je préparais les œufs brouillés, le bacon et le café et je ne pus m'empêcher de penser que ça ressemblait au début de quelque chose... d'important. Peut-être bien que c'était ça, c'était ce que j'avais toujours voulu. Peut-être que ça pouvait marcher. J'entendis Tori sortir du lit et se rendre à la salle de bain à côté de la cuisine et j'écoutais l'eau couler. De la penser sous la douche m'excita et ma bite durcit quand je sortis la nourriture de la poêle pour l'amener à table. Je décidai de ne pas la rejoindre, ne serait-ce que pour lui montrer que je n'étais pas totalement un animal.

Elle sortit de la douche après quelques minutes et vint à table en portant un tee-shirt qu'elle avait dû trouver dans un tiroir à moi. D'ordinaire, je serais réticent à l'idée qu'une femme fouille dans mes affaires après une seule nuit, mais la vue de Tori dans mon tee-shirt blanc me faisait quelque chose. Mienne ! Mienne ! Mienne ! criait l'homme des cavernes en moi et je lui prêtai l'oreille un instant.

Tori regardait tout autour d'elle, manifestement choquée par la propreté de l'appartement. J'étais fier d'avoir un endroit simple mais classe dans lequel vivre. J'avais fait des efforts considérables pour ne jamais vivre dans les mêmes conditions que celles que j'avais connues en grandissant, ce qui était compliqué vu le marché de l'immobilier, même avec mon revenu de comptable. L'argent ne peut pas tout acheter, mais il peut offrir le confort. Les yeux de Tori arrêtèrent d'observer l'appartement et vinrent se poser sur moi. Je me sentis me radoucir sous son regard chocolat et je soupirai doucement. Je me penchai en avant, prenant ses mains dans les miennes sur la table.

Elle baissa le regard sur mes bras, mon torse, mes pectoraux exposés. De la chaleur afflua immédiatement à sa poitrine et sur son visage – je ne portais pas de tee-shirt, et elle appréciait apparemment la vue. Tu aimes ce que tu vois, pas vrai ? pensai-je en me penchant en arrière pour lui offrir un meilleur angle de vue. Qui comprenait également mon jogging tendu, qui ne faisait rien pour cacher mon érection. Elle s'agita sur son siège et se mordit la lèvre. Je décidai de ralentir l'allure avant que le petit-déjeuner ne refroidisse. Je me redressai et pris ses mains dans les miennes.

« J'ai préparé le petit-déjeuner, » dis-je stupidement, en montrant les choses posées sur la table devant elle.

Elle eut la grâce de rire et de dire, « Je vois ça. Ça a l'air délicieux, Wyatt, merci. » Et elle commença à manger. Je ne pense pas qu'il y avait quelque chose de plus sexy que de regarder une femme manger sans qu'elle ne fasse d'efforts particuliers sur sa tenue et Tori était la plus sexy d'entre toutes. Je m'attaquai à ma propre part, me complimentant intérieurement d'avoir bien réussi le bacon.

Tori finit la dernière gorgée de son café et leva timidement le regard sur moi. « Merci pour hier et pour la nuit dernière, Wyatt. C'était... vraiment incroyable. Je le pense vraiment. Merci. »

Je baissai les yeux, intimidé et ravi par son compliment. Qu'est-ce que je ne ferais pas pour l'entendre tous les jours. Soudain, la pensée de son départ passa dans mon esprit. Et si elle ne voulait plus jamais me voir, plus jamais être avec moi comme ça ? Je devais faire quelque chose pour qu'elle reste, pour réussir, je l'espérais, à lui faire voir que j'étais un homme bien. Que je pouvais être à elle.

Je réunis le courage de me racler la gorge et, doucement, je dis, « Tu sais… ça va peut-être prendre plus que deux fois pour faire un bébé. Qui sait si les deux premières fois ont marché. On devrait sûrement réessayer, juste pour être sûrs. »

Tori commença à tortiller sa serviette de table en baissant les yeux. En quelques secondes cependant, sa timidité s'était évaporée, pour lui laisser un air de pure déesse du sexe qui m'observait à travers ses cils.

« Pourquoi pas ? » Elle rit toute seule à une blague que je ne connaissais pas, et se leva. D'un seul mouvement, elle se rendit vers mon canapé marron, enleva le tee-shirt qu'elle portait et s'agenouilla sur le sol.

« Qu'est-ce que tu attends ? » me défia-t-elle, pendant que je restais assis à la table du petit-déjeuner, stupéfait. En une poignée de seconde, j'étais debout et j'enlevais mon jogging. Quand j'arrivai à sa hauteur, je me penchai en avant et j'attrapai sommairement son visage. Nos lèvres se rencontrèrent, nos langues se mêlèrent et je l'embrassai de toute mon âme. La chaleur de nos corps et de nos bouches s'éleva et, en quelques secondes, nos deux bouches étaient rougies et gonflées. Je vais te faire une impression durable, une impression que tu n'oublieras jamais.

Je passais délicatement mes bras dans son dos, sans briser mon élan initial, et l'attrapai par les épaules pour la faire pivoter vers le canapé. Ses hanches vinrent se positionner contre le rebord de l'accoudoir, ses seins reposaient à plat sur l'assise et son magnifique cul était complètement visible.

Sans m'embarrasser en palabres, j'écartai davantage ses jambes pour avoir plus d'accès à son cul, son sexe, la courbe de son dos et ses cuisses. Elle se tortilla, soit pour essayer de s'ouvrir davantage, soit pour essayer de se dérober à mon regard, je ne savais pas trop.

« Du calme, Tori, je veux simplement profiter de la vue. » Cet ordre fut ponctué par un afflux de chaleur dans sa peau qui me fit sourire. Elle se tortilla de nouveau, se raidit, et laissa échapper un soupir. Tori regarda par-dessus son épaule gauche et me vit là, debout, en train de fixer son cul et ses replis intimes. Nos regards étaient vulnérables et pourtant érotiques, une combinaison qui me faisait revivre cette connexion que j'avais ressentie dans les toilettes, à son anniversaire. Ça marche, entre nous. On est bien ensemble.

« Wyatt ? » demanda Tori, d'un air vulnérable et pas très assuré. Ses cheveux avaient dégringolé dans son dos, tellement longs qu'ils caressaient ses hanches et tombaient de chaque côté de son dos, me cachant la vue de ses seins parfaits et si ronds. Je me secouai visiblement et me rapprochai, tombant à genoux derrière elle. Mes mains effleurèrent ses talons, passèrent sur ses mollets et ses cuisses et se posèrent sur son cul. J'entendis sa respiration s'accélérer quand je raffermis ma prise pour écarter son cul d'une seule main. Mon autre main était fermement posée sur ma bite.

Je me dirigeai vers son sexe et ma rigidité rencontra son centre doux d'une manière qui manqua de nous faire jouir tous les deux. Elle arqua son cul vers le haut pour me rencontrer et j'abaissai mon torse pour m'allonger contre son dos. Nous restâmes un instant là, à soupirer ensemble. Je tirai pleinement profit de ses muscles relâchés pour me guider en elle d'une seule impulsion rapide. Le retour de la chaleur de son sexe était si bon que je sentis un rugissement affleurer au fond de ma gorge. Mon Dieu, le sexe n'avait jamais été aussi bon.

Avec ce nouvel angle, ma bite n'avait aucun problème à glisser intégralement en elle et je la remplis jusqu'à la garde. Le bout de ma bite poussait contre le haut de son canal et j'entrais et sortais, lentement d'abord, puis de plus en plus vite. Bientôt, je dus me tenir à ses hanches, la ramenant contre moi tandis que je donnais des impulsions de plus en plus fortes.

La tension entre nous atteignit rapidement une masse critique et toutes les terminaisons nerveuses de mon corps se tendirent, prêtes à exploser. Je me penchai sur Tori et passai mes mains devant elle, attrapant ses deux seins dans mes grandes mains calleuses. Le contraste était fantastique – la douceur contre la rugosité, le tendre contre le dur. Je tenais ses seins, doux et pleins, serrés, tellement serrés, et reposai ma tête contre son cou, laissant une traînée de baisers mouillés derrière son oreille jusqu'au haut de sa nuque. Je la martelai deux fois de plus et ma bite frappa le haut de son canal si fort que je sus qu'elle allait avoir du mal à marcher suffisamment droit pour sortir de chez moi. Tant mieux, assena l'homme des cavernes en moi.

Tori plongea le visage dans le canapé, probablement pour s'empêcher de crier. Je sentis soudainement la tension en elle augmenter, sentis son sexe se compresser autour de moi. Brusquement, je voulus crier moi aussi et je me penchai en avant pour haleter dans ses cheveux, poussant ma bouche contre sa peau. Je l'embrassai dans la nuque quand je la sentis se désagréger et les muscles de ses bras essayèrent de se raccrocher au sofa pour la sauver. L'orgasme se propagea le long de ma bite et je tressaillis contre elle en contractant mon cou et mes bras. Le bas de mon dos et mes mollets me firent mal quand l'orgasme m'emporta et je sentis une dernière vague d'énergie me traverser.

« Bébé, jouis avec moi. S'il te plaît, jouis avec moi, je veux te sentir jouir en moi, » gémit Tori, et je sentis une poussée de virilité en moi en entendant le mot bébé. Je répondis intégralement à sa requête, ne m'éloignant d'elle que pour mieux agripper ses hanches. Je me relâchai et pénétrai en elle deux, trois, quatre fois aussi fort que je le pus, avant de m'effondrer contre elle.

Je sentis la chaleur de mon éjaculation la remplir et elle apaisa le feu en nous, nous détendant bien mieux que n'importe quel orgasme. Je me sentais rassasié, calme, et complet. Comme si je m'étais cassé et que nos orgasmes avaient recollé tous les morceaux. J'entendis Tori relâcher un énorme soupir et elle fondit totalement sur le canapé quand tout mon poids vint se poser sur son dos.

Je traçai des cercles dans son dos du bout du doigt avant de me relever et de sortir d'elle. Le mouvement nous arracha à tous deux un soupir et son sexe se resserra autour de moi, ne voulant clairement pas que je reparte. Je la regardai une seconde de plus, pour lui faire comprendre que j'appréciai de la voir ouverte et dégoulinante devant moi.

Mienne. Mienne. Mienne ! L'homme des cavernes

était revenu... mais la réalité de la situation me frappa. Elle pensait que ce n'était qu'une matinée de plaisir, rien de plus. Elle ne voulait pas d'un bébé avec moi. Et je ne lui avais promis qu'une nuit de sexe fantastique, sans rien d'autre. Elle n'avait aucune raison de rester.

Je savais que tout cela était vrai, mais je ressentis tout de même une pointe de regret à laquelle je ne m'attendais pas. Je me secouai, me relevai et la regardai. Ses cheveux étaient totalement emmêlés et ébouriffés. Le bas de son dos scintillait de sueur et je réalisai que mon torse en était lui aussi parsemé. Tori avait l'air fatiguée, calme et heureuse, et je m'agenouillai pour lisser ses cheveux et déposer un baiser doux et délicat sur son front.

Il fallait que je continue d'essayer. Un jour, elle verrait que j'étais l'homme pour elle.

5

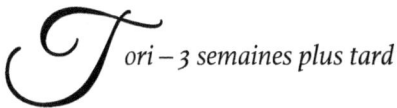ori – *3 semaines plus tard*

Je raccrochai le téléphone et je sentis la véritable gravité de la situation atterrir sur mes épaules. Même si je savais que les nausées matinales n'arriveraient pas avant quelques semaines, j'avais envie de vomir. Je venais d'annuler mon rendez-vous à la banque du sperme. C'était plutôt inutile maintenant, avec les trois tests de grossesse positifs posés sur le comptoir de ma salle de bains, à la maison. On dirait que mes escapades sexuelles avec Wyatt avaient porté leurs fruits. C'était un cadeau d'anniversaire qui allait durer longtemps.

Je vais avoir un bébé, pensai-je. J'entendais ces mots dans ma tête, encore et encore, et je ne pus m'empêcher de sentir un petit sourire triste sur mon visage. Je vais être une maman, songeai-je, et mon sourire s'agrandit. Bien sûr, je devais en parler à Wyatt, mais je ne m'attendais pas à ce qu'il se mêle de tout ça. Ce n'était qu'une nuit de plaisir pour lui ; il n'avait pas vraiment voulu me mettre enceinte.

J'avais lutté avec l'idée qu'il puisse vraiment en vouloir davantage. Ces dernières semaines, il avait essayé de m'appeler, il était doux et faisait attention à moi quand on travaillait ensemble. Nous étions restreints dans nos interactions cependant, puisqu'on ne voulait pas que notre relation s'ébruite. Nous ne savions même pas si tout ça – quoi que ça soit – pouvait nous attirer des ennuis. Et je ne pensais pas qu'il veuille toujours être avec moi, une fois qu'il aurait appris pour le bébé. Il n'avait certainement même pas envisagé que notre seule nuit ensemble pouvait marcher !

Merde, même moi je ne pensais pas pouvoir tomber enceinte ! Je réalisai alors, d'une manière détachée et ironique, que ça devait être l'infertilité d'Henri qui avait causé nos problèmes. J'eus un sourire très joyeux à cette pensée et j'espérai que sa nouvelle femme en devenir le découvrirait bientôt. Je secouai toutes ces pensées et toute trace d'amertume me quitta. Je vais être une maman. Je vais avoir un bébé.

Je pris le couloir pour passer aux toilettes et rassemblai un peu mes idées en me lavant les mains. Je levai les yeux vers mon reflet dans le miroir et je sus que j'allais devoir prévenir mon patron, Carter, avant que les symptômes ne deviennent trop évidents. Je ne m'inquiétais pas pour mon boulot – ce type aurait déjà perdu toute son entreprise sans moi. Mais je n'avais pas hâte d'y être, en sachant que Carter était dans la confidence de ma nuit avec Wyatt.

Les frères Buchanan m'adoraient peut-être, mais je les

considérais comme des collègues. À ce moment, je sus à qui j'avais besoin de parler. Jeffrey, à la tête du service financier, et le meilleur ami de Wyatt. Au moins, il pourrait me donner des perspectives sur la manière de gérer Carter et les autres chefs et il pourrait peut-être aussi m'aider à savoir comment parler à son ami.

En parcourant les couloirs pour aller au bureau de Jeff, je me demandai combien de temps encore je pourrais porter mes talons. Mes pieds allaient gonfler, non ? J'allais avoir mal au dos et je ne pourrais plus porter ces lourdes boîtes blindées de papiers. Chaque chose en son temps, m'admonestai-je en tapant à la porte de Jeff. « Entrez, » cria-t-il derrière la porte de son bureau.

J'ouvris la porte et il pivota dans sa chaise, balançant ses cheveux noirs parfaitement ondulés au passage. Ses yeux étaient d'un vert intense et ce serait mentir de prétendre que je ne l'avais pas considéré dans ma liste des Pourquoi-Pas, au début. Mais Jeff était comme un petit frère pour moi et il était bien trop joueur à mon goût. Je pris une grande inspiration et je me redressai, prête à faire face à ce défi.

« Écoute Jeff, j'ai quelques questions... bizarres à te poser. C'est sur Wyatt Preston, » ajoutai-je en regardant mes pieds et en priant pour que le sol se dépêche de m'avaler.

Il se redressa et arrêta de sourire d'un coup, « Qu'est-ce qui s'est passé avec Wyatt ? Il a fait quelque chose ? » Cette question me surprit beaucoup, mais je tâchai de me concentrer sur mes idées.

« Non, non, il n'a rien fait du tout. J'avais juste quelques questions sur lui. En... en tant qu'individu, balbutiai-je. Lui et moi, et bien... On s'est bien entendu à ma fête d'anniversaire et je voulais savoir ce que toi, tu pensais de... nous. Je ne veux pas avoir de problèmes avec les frères Buchanan, ajoutai-je en prenant une chaise en face de lui.

- Et bien, vous ne travaillez pas dans le même département, Tori, je ne pense pas que ça pose beaucoup de problèmes. Il faut juste garder ça professionnellement, c'est tout. Pas de coup rapide dans les toilettes, » ajouta Jeff avec un clin d'œil et je manquai de mourir de honte. Wyatt lui avait parlé de la fête ! De ce qui s'était passé ! J'étais mortifiée, et Jeff le perçut. Il eut le bon goût de pâlir et d'avoir l'air choqué, mais il se remit vite.

« Je... Je n'avais pas compris que... vous en étiez là. Wyatt ne m'a rien dit, c'était une blague ! » bégaya-t-il. Je dus retenir un petit rire devant nos deux mines honteuses, et je me concentrai sur le fait de garder un dos très droit. « Jeff, je veux juste en apprendre un peu plus sur Wyatt. Est-ce que c'est un type bien ? Est-ce qu'il a envie de ça, être en couple ? »

Le regard de Jeff s'adoucit et je compris que son amitié avec Wyatt comptait énormément pour lui. « Tu sais, il a été élevé dans des familles d'accueil. Son père s'est tiré quand il avait trois ans et, au bout d'un moment, sa salope de mère addict au crack a perdu sa garde. Il est un peu passé à l'essoreuse. Quand on s'est rencontré à l'université, je pensais que c'était un petit morveux qui détestait le monde entier. Mais j'ai appris à le connaître et c'est le mec le plus solide, le plus gentil et le plus altruiste de tous les gars que je connaisse. Tu serais chanceuse de l'avoir. »

Je me tordis les doigts et je baissai les yeux qui commençaient à s'embuer. J'avais entendu parler du passé de Wyatt par fragments, mais je ne pouvais pas l'imaginer comme une petite tête blonde sans parents ni personne pour l'aimer. Je ravalai mes larmes, déterminée à obtenir les informations que j'étais venue chercher.

« Et, par rapport à moi ? Est-ce qu... qu'il voudrait de moi ? » Je n'arrivais pas à croire à la vulnérabilité de ma voix, à la faiblesse totale que je ressentais, dans l'attente de son jugement. Je pris une respiration saccadée et reportai mon regard sur Jeff. La sympathie qu'il irradiait manqua de peu de me surprendre et Jeff me répondit simplement, « Wyatt n'a jamais rien voulu autant qu'il te veut, toi. Il parle tout le temps de toi. La seule chose dont il parle davantage, c'est de fonder une famille. Ce type a la pire obsession des bébés que j'ai jamais vu et je ne pensais pas que c'était possible chez un homme, » ajouta-t-il au passage, sans se douter de l'effet que ces mots allaient avoir sur moi. Un sentiment d'alerte à glacer le sang me raidit la colonne vertébrale et, soudainement, j'eus envie de n'être jamais rentrée dans le bureau de Jeff. Mais Jeff continua à parler.

« Depuis notre troisième année, il ne parle que de ça, avoir une famille à lui. Il veut que ce soit la plus grande famille possible, pour pouvoir montrer à ses enfants ce que c'est vraiment, l'amour parental. Il ne veut pas disparaître, comme son père l'a fait. D'ailleurs, je me rappelle que tous ses rencards fondaient quand il leur disait ça. Les femmes adorent ce genre de conneries, non ? »

J'eus l'impression que mon monde changeait d'axe de rotation, tandis que cette information me permettait de voir toutes mes interactions avec Wyatt sous un nouvel angle.

« J'aimerais te proposer une alternative. »

« Tu sais, ça prend généralement plus d'une fois pour faire un bébé. »

Tous ces petits riens, toutes ces choses que je pensais qu'il avait dites pour coucher avec moi... c'était le vrai Wyatt. En passant mes souvenirs en revue, je ne parvins pas à trouver une seule chose qui puisse me laisser penser que Wyatt puisse vouloir être avec moi. Il avait dit que j'étais magnifique, qu'il voulait me baiser, mais avait-il déjà dit qu'il voudrait être avec moi ? Non.

Et depuis le début, il ne voulait qu'un enfant. Les larmes revinrent me brûler les yeux et ma gorge se serra. Je me sentis utilisée d'une certaine manière, d'une manière très profonde qui était bien pire que de découvrir que Wyatt n'aurait voulu que du sexe. C'était tout ce que je pensais être pour lui. Mais il voulait un bébé. Mon bébé. Et maintenant, j'étais enceinte. Je suppose qu'on avait tous les deux eu ce qu'on voulait. Mais alors, pourquoi est-ce que je me sentais si vide ?

Jeff continuait à parler, en particulier de leurs escapades universitaires et toutes les conneries qu'ils avaient pu faire quand ils étaient plus jeunes. Il ne remarqua même pas ma crise intérieure. Je me relevai brusquement et me dirigeai rapidement vers la porte, espérant y parvenir avant que les larmes ne commencent à tomber.

« Merci, Jeff. C'était... très instructif, » parvins-je à prononcer en ouvrant la porte avant de me précipiter vers mon bureau. Je fermai la porte, m'appuyai contre le verre frais et laissai tomber mes larmes.

Chapitre 5

Je travaillai tout le reste la matinée, en sachant pertinemment que j'aurais mieux fait de rentrer à la maison parce que je n'étais bonne à rien. Je bougeai quelques papiers, commençai quelques brouillons de mails et pleurai dans les toilettes. Beaucoup. Carter, heureusement, était parti toute la journée, ce qui signifiait qu'Emma travaillait tranquillement dans son propre bureau. Personne ne vint m'embêter, alors je décidai de rester travailler.

En quelques heures, je sentis un peu de mon amertume s'estomper et commençai à tout préparer pour rentrer chez moi. Alors que j'envoyais quelques dossiers de dernière minute sur l'ordinateur de Carter, Wyatt passa dans l'entrebâillement de ma porte avec un sourire à tomber sur son stupide visage enfantin.

« Salut ma belle, comment s'est passée ta journée ? Je t'ai appelé hier, mais tu n'as pas répondu, » murmura-t-il en refermant doucement derrière lui. Il se faufila jusqu'à mon bureau et je me levai trop rapidement quand il s'approcha. La tête me tourna un peu – je n'avais pas mangé grand-chose de la journée. Wyatt parut remarquer mon problème et s'approcha pour m'attraper par les bras d'un air inquiet.

« Ça va ? Tu veux que j'aille te chercher quelque chose ? » demanda-t-il, mais je me dégageai de son étreinte et allai prendre ma veste et mon sac à main, faisant délibérément claquer mes talons contre le sol. Je ne voulais pas le confronter maintenant, je ne voulais pas qu'il essaye de m'embrasser de nouveau et je ne voulais surtout pas qu'il me voit pleurer. Retiens-toi, ma grande, me dis-je intérieurement en fourrant mes affaires dans mon sac et en me dirigeant vers la porte.

« Tori ? Tout va bien ? Tor... » J'interrompis Wyatt en ouvrant la porte de mon bureau et en empruntant le couloir, le menton haut et le pas rapide. Il ne me poursuivrait pas au travail, on n'était même pas encore une rumeur ici, me rassurai-je. Apparemment, rien que pour me prouver que j'avais tort, Wyatt manqua d'envoyer la porte contre le mur dans sa course pour me rattraper, en criant « Victoria ! » et en courant dans le couloir.

Bien joué pour la discrétion, Preston, lui criai-je intérieurement en accélérant encore l'allure. Les gens sortaient dans le couloir pour voir ce qu'il se passait, pourquoi quelqu'un avait crié et je rougis furieusement. Ça ne se passait pas comme prévu. Je me retournai vers Wyatt et lui dis, « Tout va très bien, Wyatt. Tu peux continuer à faire ta vie, pas besoin de t'inquiéter pour moi. »

L'air d'incrédulité qu'il afficha ne fit qu'augmenter ma rage du moment et je pivotai sur mes talons pour partir. La porte du bureau de Jeff s'ouvrit également et je renforçai la détermination de mes yeux quand nos regards se croisèrent. « Retiens-le ! » fut à peu près ce que je lui criai avec mes yeux et Jeff parut comprendre le message. Il m'adressa un hochement de tête courtois, un peu perdu, mais toujours un gentleman. Il passa derrière moi quand j'arrivai à sa hauteur et ses mains se posèrent sur le torse de Wyatt avant que ce dernier ne puisse s'approcher de moi.

« Putain, mais tu fais quoi, Jeff ? cria Wyatt, et je l'entendis essayer de repousser Jeff contre le mur.

- Mec, oublie. Il faut qu'on parle. Laisse-la partir,

essaya de murmurer Jeff, mais je pus entendre ses mots alors que je prenais le dernier tournant avant la sortie.

- Mais... pourquoi ? » entendis-je Wyatt demander, même s'il commençait à se calmer. J'essayais de me convaincre que je n'avais rien entendu, que ça ne me faisait pas un peu mal au cœur, mais c'était faux. J'entendis chaque mot que Wyatt prononça, « Je ne comprends pas. Qu'est-ce que j'ai fait de mal ? »

Rien, Wyatt. Tu ne veux juste pas de moi et à cette pensée je me sentis me recroqueviller. Les larmes tombèrent lorsque j'arrivais sur le trottoir devant le bureau. Je levai le bras pour attraper un taxi. J'allais avoir un bébé. Seule. Comme je le voulais.

6

yatt

Jeff me retenait toujours par les épaules, sans vraiment me regarder dans les yeux. Il me retenait loin de Tori, songeai-je, et la confusion m'envahit. Qu'est-ce que tu avais foiré cette fois, Preston ? Mais je ne trouvai aucune réponse. Je n'avais aucune idée de ce que j'avais pu faire ; je pensais qu'on passait des moments formidables. Je pensais qu'elle commençait à m'apprécier. Je lui donnais de l'espace... Merde ! Je repoussai Jeff plus violemment que prévu et son épaule gauche frappa le mur dans un bruit sourd. Il allait avoir une marque, c'était certain.

« Défoule-toi sur moi si tu veux Wyatt, mais tu ne peux pas la suivre. Tout le monde dans le bureau va croire que tu es un taré et je ne peux pas me permettre ça. Suis-moi dans mon bureau. S'il te plaît, » ajouta-t-il en avisant mon apparence brisée. Je savais que j'avais l'air d'un chiot battu, mais je ne pouvais pas me résoudre à endosser un air machiste. Elle était partie, putain. Tori ne voulait pas me voir.

Il referma la porte de son bureau derrière nous, et s'appuya sur la poignée fraîche de chrome pour me demander, « Tu pourrais me dire ce que c'était, ce foutoir ? » Je lâchai un soupir et me mis à faire les cent pas. Je n'en avais aucune idée, et je ne savais même pas par où commencer pour tout lui expliquer.

« Tout ce que je sais, c'est qu'on passait du bon temps après... tu sais, son anniversaire. En restant discrets, parce qu'on n'était pas certains que c'était permis au bureau, mais on s'amusait quand même. Des textos sexy, des pincements de fesses dans le couloir, ce genre de conneries. Mais aujourd'hui, j'arrive dans son bureau et elle ne veut même plus me regarder. C'est comme si elle avait totalement changé d'attitude avec moi en moins de vingt-quatre heures et que je n'étais pas là ! » Je laissai échapper une respiration saccadée et renversai d'un coup de pied la chaise en face du bureau de Jeff.

Je cherchai du regard autre chose à renverser quand Jeff se racla la gorge, ce qui me fit lever les yeux. Il refusa de rencontrer mon regard et ses cheveux noirs ondulés formaient comme un bouclier entre nous deux. Il avait un air coupable.

« Jeff ? Putain quoi, mec ? » Je m'approchai lentement, les épaules carrées. Dieu m'en soit témoin, s'il en pinçait pour Tori, j'allais le tuer. « Qu'est-ce que t'as foutu, Jeff ? » Je sentais la colère bouillonner en moi et je savais qu'il avait de la chance qu'on soit au bureau, sans quoi je l'aurais envoyé au tapis en moins de deux.

Jeff se résolut à relever les yeux et passa ses mains dans ses cheveux. Il respirait lentement par son petit nez parfait que j'envisageais de démolir.

« Bon alors, ne t'énerve pas, mais Tori est passé plus tôt dans la journ...

- Qu'est-ce que t'as foutu putain, Jeff ! » rugis-je en me rapprochant autant que je le pouvais de son visage sans lui mettre un coup de boule. Je ne pense pas qu'il m'ait vu aussi énervé de sa vie et il avait un air mi-violent et mi-anxieux.

« Je n'ai rien fait du tout, abruti. Recule, » Je fis un pas en arrière, mais gardai un air intimidant. « Elle est venue aujourd'hui, pour poser des questions sur toi et je lui ai un peu parlé de toi. De toute la chance qu'elle aurait si elle pouvait t'avoir rien qu'à elle. Comment tu as eu des soucis par le passé, mais que tu es solide maintenant. Tu es un type bien. C'est tout, mec, je te jure. » Il soupira longuement, se sentant manifestement soulagé après cet aveu. Mais moi, je ne me sentais absolument pas mieux.

« C'est super tout ça, Jeff. Mais c'est pas ça qui peut expliquer pourquoi elle me fuit d'un coup. Qu'est-ce que tu lui as dit d'autre, hein ? Tu lui as parlé de ma période noire à l'université ? Qu'est-ce que tu as dit ? » Je ponctuai cette dernière question d'un coup d'épaule violent, qui envoya sa tête frapper contre la vitre de son bureau. Il eut l'air de vouloir répliquer en m'éclatant le nez et j'attendais son coup avec joie. Vas-y Jeff, putain. Amène-toi.

Il parut comprendre que se battre contre moi était une très mauvaise idée, et se contenta plutôt de croiser les bras en écartant un peu plus ses jambes. « Je lui ai dit que tu me parlais d'elle depuis le premier jour, que tu pensais qu'elle était fantastique. Je lui ai dit que la seule autre chose dont tu parlais autant, c'était les gamins et ton envie d'avoir une famille... Mais vraiment, mec, à part ça, je vois pas. »

Jeff écarta les mains de regret, sans remarquer que ses derniers mots avaient déclenché quelque chose en moi. Des enfants ? Une famille ?

« Jeff... exactement, qu'est-ce que tu as dit à Tori sur mon envie d'avoir des enfants ?

- Je lui ai dit que la seule chose dont tu parlais plus qu'elle, c'était d'avoir une famille. Que tu avais toujours voulu des enfants pour pouvoir leur montrer ce que c'était vraiment, l'amour parental. C'est bien beau tout ça, Wyatt. Mais je comprends pas pourquoi ça lui ferait peur. Elle ne veut pas d'enfants ?

- Putain, Jeff ! Elle veut un bébé. Du genre, maintenant ! C'est ce qui a tout commencé, entre nous. Elle voulait aller à une banque du sperme et je lui ai proposé une... alternative. C'est pour ça qu'on s'est mis ensemble. Elle doit penser que... »

Notre discussion fut interrompue quand la porte essaya de s'ouvrir et rencontra l'arrière de la tête de Jeff violemment.

« Putain ! » cria Jeff en partant en avant, une main sur le crâne. La porte essaya de nouveau de s'ouvrir et cette fois, c'était Carter qui se tenait dans l'embrasure, avec un air plutôt furieux qu'on lui ait refusé l'entrée.

« Vous parlez de quoi, les pipelettes ? On vous entend piailler de loin. Et où est passée Tori ? » exigea Carter, son regard intense de fer passant de Jeff à moi. Ses yeux se fixèrent sur moi d'un air qui me fit comprendre que j'étais le suspect principal quant à la fuite de Tori du bureau. Je me raclai la gorge et fixai un point au-dessus de l'épaule de Carter, parce que j'étais une putain de poule mouillée.

« Monsieur, je ne suis pas sûr de savoir où elle est, mais elle m'en veut. Il faut que j'aille la retrouver, mais je ne pense pas qu'elle veuille m'adresser la parole pour le moment. Il semblerait que nous ayons eu un… grave problème de communication, grâce à mon bon ami Jeff, ici présent. » Je ponctuai ma phrase en foudroyant Jeff du regard. Il haussa les yeux et leva les mains de dépit.

« Carter, je crois que j'ai fait une connerie, commença Jeff, en regardant son frère d'un air intimidé. Tori est passée aujourd'hui, pour me demander des infos sur Wyatt et je suppose que je lui ai révélé des choses qui lui ont fait peur. Je pensais que ce n'étaient que des choses positives, ridiculement positives, qui donneraient une bonne image de lui, mais mon ami vient me montrer ma monumentale bourde. » Jeff regardait son grand frère, et avait un air un peu enfantin à être si proche du mâle alpha qu'était Carter.

Carter nous considéra de nouveau et répondit d'un ton sec, « Je me contrefous de vos conneries, je m'inquiète pour mon assistante. Elle travaille avec nous depuis dix ans, et je ne vais pas laisser un petit gamin tout détruire, pour elle comme pour nous. Maintenant, c'est quoi le putain de problème, qu'on la ramène ici ? »

J'étais rouge tomate et je savais pertinemment que j'allais devoir payer pour ma relation avec Tori. Je ne voulais pas lui attirer de problèmes, mais je voulais que Carter comprenne que je n'allais pas abandonner cette relation. Jamais de la vie.

« Monsieur, Tori et moi… nous, nous… nous avons en

quelque sorte couché ensemble. Pour son trentième anniversaire. C'était censé n'être qu'une seule fois, mais je crois qu'on s'est bien entendus, tous les deux. Jeff essayait de me montrer sous mon meilleur jour aujourd'hui, quand Tori est passée, mais lui a dit que ce que je voulais vraiment, c'était un bébé – une famille. Pas une femme, ou une petite amie. Ou une épouse. »

Jeff redressa brusquement la tête, choqué et tendu à ces mots. Et oui, mon pote. C'est sérieux à ce point. Carter me regarda d'un air sceptique, me jaugeant pour la première fois depuis que j'étais entré dans son bureau pour mon entretien, il y a presque trois ans de ça. Je me remis en question soudainement, remarquant que je devais lui paraître bien jeune et bien stupide.

« Écoutez, M. Buchanan, je sais que... je sais que Tori compte pour vous, et que vous faites attention à elle. Je sais que vous ne voulez pas la perdre comme assistante, ou comme l'amie d'Emma. Je comprends tout ça, mais vous devez m'écouter. J'ai besoin de votre aide pour la joindre, avant que tout ça ne nous explose à la gueule. » Je levai les mains, dans un geste d'apaisement ou de capitulation, je ne savais pas lequel des deux, et j'attendis le jugement de ce type qui pouvait me botter le cul en trois secondes s'il le voulait. Mais il resta devant moi, les mains derrière le dos, comme un père qui allait infliger une correction.

« Tout d'abord, M. Preston, je ne vous connais pas et je n'ai pas vraiment envie de vous connaître. Par contre, je m'inquiète pour Victoria. Tout comme Emma, ce qui fait que cette situation m'est particulièrement pénible. Expliquez-moi un peu, pourquoi mériteriez-vous quelqu'un comme Tori ? En fonction de votre réponse, je vous aiderai ou non à la chercher, » finit-il avec un petit haussement de ses épaules massives. J'accepte ton défi, Carter.

« D'accord, d'accord. C'est normal, » concédai-je et je me dirigeai vers la vitre panoramique du bureau de Jeff, qui offrait une belle vue sur la ville.

« Ça commence comme ça. J'ai un passé à chier, d'accord ? Mon père est parti avant même que je sache parler, ma mère se droguait à longueur de journée. J'étais à peine au primaire quand ma mère a disparu et j'ai été placé dans un système de foyers d'accueil. C'est un trou à rat, sincèrement. » Je ne regardai ni Carter ni Jeff, je continuai à marcher et à parler.

« Le seul truc qui m'a permis de rester sain d'esprit dans ce système, c'était de m'occuper des gamins plus jeunes et plus terrifiés que moi. Je les veillais le soir, leur chantais des chansons pour qu'ils s'endorment. Je les aidais avec leurs devoirs. Je tabassais les brutes à l'école pour eux. Ma motivation principale dans la vie, c'était de les protéger. »

Je m'arrêtai de marcher et regardai Jeff en continuant, « Une fois que je suis sorti de là, que je suis rentré à l'université, j'ai eu quelques soucis... J'ai commencé à me droguer, à boire, à détériorer la bibliothèque de l'université en m'y faufilant. Des conneries quoi. Et votre frère a été là pour m'aider et me remettre dans le droit chemin. Et puis, vous m'avez embauché et, à mon deuxième jour au bureau, j'ai croisé la femme avec les yeux les plus magnifiques et la démarche la plus sexy que j'ai jamais vue. »

Je passai mon regard de Jeff à Carter et élargis ma posture, bombai le torse. Rien que de penser à Tori, je me sentais davantage... un homme, un vrai. « Et je suis totalement tombé amoureux d'elle. Jeff m'avait donné les clefs de mon avenir, mais il était là, mon avenir, dans les couloirs qu'elle traversait pour aller à la photocopieuse. Depuis ce jour – ça fait presque trois ans – je suis totalement fou d'elle. »

Je pris une profonde inspiration avant de continuer. « Tori et moi on... on a couché ensemble. Je l'ai entendu dire qu'elle allait passer à une banque du sperme cette année, qu'elle était prête à avoir un bébé, avec ou sans homme à ses côtés. » Je remarquai que les sourcils de Carter se levèrent sensiblement – apparemment, il n'était pas au courant.

« Maintenant que vous savez ce que j'ai toujours ressenti pour elle, vous pouvez voir pourquoi j'ai eu une réaction aussi forte. Je ne me contente pas d'adorer le sol qu'elle foule de ses pieds, je veux aussi une famille. Tout avait l'air... trop parfait. Alors, j'ai pris une initiative. Et maintenant, elle pense que je n'ai fait ça parce que je veux un bébé plus que je ne la veux, elle. »

Je laissai ma tête s'affaisser et mes bras tomber à mes côtés. Je n'avais aucune idée de la manière dont j'allais m'y prendre pour tout arranger. Je ne savais même pas si elle allait me laisser une chance de m'expliquer. Mais je savais que j'avais besoin de Carter de mon côté si je voulais avoir une chance de la conquérir.

« Carter, je n'ai jamais rien désiré plus que je désire Tori et je suis prêt à tout pour le lui prouver. Avec ou sans bébé, je la veux, elle. Rien qu'elle. Je dois aller la chercher, c'est tout. » Je finis mon soliloque pitoyablement, cherchant du réconfort chez Jeff. Il avait toujours l'air épaté, comme s'il ne pouvait pas croire que son meilleur ami, aussi merdique qu'il soit, puisse faire des phrases aussi complexes. Merci pour le soutien, mec.

Carter me regardait et me jaugeait de nouveau, cette fois davantage concentré sur mon visage plutôt que mon corps ou mes habits. Ses yeux rusés parurent reconnaître le sérieux de mon regard, la gravité de mon aveu. Une fois qu'il eut fini, il se racla la gorge et regarda Jeff.

« Et bien, petit frère, on dirait que tu as, une fois de plus, fait une grossière erreur. Je te suggère d'aider ton ami à arranger tout ça. Preston, allez chercher Tori. Jeff, essaye d'appeler chez elle pour t'assurer qu'elle y est bien. »

D'excitation, je fis un pas de côté et joignis mes mains, m'inclinant presque de gratitude devant Carter. « Merci, monsieur, » m'exclamai-je en fonçant vers la porte.

Carter me bloqua le passage et se dressa de toute sa hauteur intimidante devant moi. « Oh, Preston ? Si vous merdez ou que vous blessez Tori d'une quelconque façon... Jeff sera celui chargé de vous virer. »

Génial, pensai-je, mais je ne pouvais pas m'attarder trop longtemps sur la menace. Tori, j'arrive, déclarai-je intérieurement en attrapant ma veste de costume et en fonçant vers la sortie des bureaux.

7

La vapeur de mon thé tournoyait autour de ma tasse et la ficelle du sachet était enroulée autour de mon doigt pour que je puisse le mélanger de temps à autre. Ça ne faisait que quelques heures que j'avais fui du travail, mais je me sentais plus vieille de plusieurs années, plus triste de plusieurs décennies. Un autre test de grossesse était à côté des trois premiers dans la salle de bains, leur tenant compagnie tandis que j'essayais de trouver ce que j'allais faire. Je voulais en parler à Wyatt. Je voulais en parler à tout le monde, à vrai dire. Mais surtout, je voulais Wyatt. Rien que Wyatt. Et je voulais qu'il me veuille, lui aussi.

Les mots de Jeff résonnaient encore dans ma tête. Il n'avait jamais rien désiré de plus que d'avoir des enfants. Je pouvais presque sentir les caresses, les baisers et le plaisir partagés entre Wyatt et moi, tandis qu'ils commençaient à disparaître. Ils ne comptaient pas, ils ne signifiaient rien pour lui, à part qu'il essayait de faire un enfant. Peut-être qu'une autre femme aurait été extatique de découvrir que son amant voulait avoir un enfant, mais je voulais plus qu'un père pour mon enfant. Je voulais un homme. Je voulais un partenaire. Je voulais un mari. Je me secouai brusquement, refusant de recommencer à pleurer.

Tandis que je me berçais doucement sur le banc suspendu sous mon porche, je songeai à la température qu'il ferait dans neuf mois. Il ferait chaud, sûrement. Avec du soleil, peut-être un peu humide. Le bébé n'aurait que sa couche à porter la plupart du temps. Cette pensée m'arracha un sourire. Qui n'aimait pas les petites fesses d'un bébé ? Tandis que j'envisageais toutes les choses que j'aurais à acheter pour moi et pour le bébé, j'entendis un véhicule arriver à l'angle de la rue.

Un 4x4 rouge arriva dans l'allée, le dernier 4x4 rouge au monde que j'avais envie de voir pour le moment. Wyatt, pensai-je, et mon corps répondit à cette impulsion de mon cerveau. Mes mains, de leur propre volonté, commencèrent à lisser mes cheveux. Mon dos se redressa, mes seins ressortirent. Mon cerveau me criait de me ressaisir, mais mon corps n'en avait rien à faire. Mon corps le voulait, lui. Mon cerveau également, mais il était plus intelligent que ça. Je me levai quand Wyatt gara la voiture rapidement et sauta littéralement du siège conducteur.

Il avait l'air énervé, remarquai-je en avançant jusqu'au bord de mon porche. Je posai mon thé et le fixai franchement du regard tandis qu'il approchait. Son costume noir était coupé à la perfection, les revers de son pantalon épinglés avec style. Ses cheveux rejetés en arrière lui donnaient l'air d'un bad boy des années cinquante sans toute la brillantine par-dessus et, mon Dieu, il était tellement sexy. Je pariai que notre bébé allait être magnifique. La pensée traversa mon esprit librement et je sentis ma poitrine se resserrer. C'est probablement tout ce qu'il voulait. Un bébé magnifique qui serait à lui.

Je rejetai mon envie de pleurer et regardai Wyatt d'un air courroucé. Alors qu'il approchait du bas des marches, je réalisai qu'il me retournait mon regard. Il était furieux, mais qu'est-ce qui pouvait bien l'énerver, au juste ?

« Pourquoi tu es partie comme ça, Tori ? » demanda Wyatt, les bras écartés de frustration. Ses yeux bleu océan étaient plats, comme morts. Je me sentis mal de le faire se sentir si mal, mais je ne parvenais pas à m'expliquer.

« Tori ! Parle-moi ! » continua-t-il, et il posa le pied sur la première marche. Cette invasion sur mon territoire raidit ma colonne vertébrale et je répondis, « Wyatt, s'il te plaît. Pars. » Il eut l'air un peu découragé, mais pas vaincu quand il rencontra mon regard. Il se radoucit visiblement et baissa les mains pour m'apaiser.

« Jeff m'a dit ce qu'il t'avait dit et Jeff est un abruti. Il ne savait pas du tout ce dont il parlait et je suis là pour rectifier tout ça. On peut parler à l'intérieur, Tori ? » J'hésitai, et il posa le pied sur la deuxième marche, avant d'ajouter, doucement, « S'il te plaît ? »

Je me radoucis un peu à cette demande et je fis un pas en arrière pour lui montrer la porte de la main. Après toi, songeai-je et Wyatt passa devant moi pour me tenir la porte. Comme le gentleman qu'il était. Quand nous fûmes assis à l'intérieur, lui sur le fauteuil de ma grand-mère et moi sur le canapé gris, plus grand et plus confortable, nous

nous contentâmes de nous regarder. Il avait l'air totalement délicieux, avec sa chemise légèrement grise qui mettait en exergue les angles avantageux de son torse et de ses bras. J'avais l'air de rien, enroulée dans un vieux châle aux motifs tribaux et mon legging préféré. Je ne m'attendais pas à recevoir de la visite, me défendis-je intérieurement.

« Et bien... tu as la parole, Wyatt. Pourquoi es-tu venu ici ? » Je m'adossai dans mon siège, en essayant d'avoir l'air détaché et distant. Il eut l'air perturbé par ma nonchalance, mais se racla la gorge pour parler.

« Je sais que Jeff t'a dit que je voulais une famille plus que je ne voulais une femme. Je sais qu'il t'a parlé un peu de mon passé et qu'il a dit que tout ce que je voulais, c'était être un père. Mais Jeff a eu tort. » Wyatt releva le regard un instant sur moi, espérant voir mon expression changer, mais je ne lui donnai rien qui puisse l'aider.

Il continua. « Bien sûr, je veux des enfants. Vraiment beaucoup. Mais je n'ai jamais voulu être seul pour élever une famille. Je veux tout ce qu'est une famille – me réveiller à côté de la personne que j'aime tous les matins. Regarder la femme que j'aime grossir de notre bébé. Être à ses côtés à l'accouchement. Être là pour les premiers pas. Qu'on vieillisse ensemble et voir notre enfant grandir. C'est ce que je voulais dire, quand j'ai dit à Jeff que je voulais une famille. Je ne lui ai jamais expliqué, je n'en ai jamais eu besoin. »

Je sentis les larmes affleurer et une petite étincelle repartir dans ma poitrine. S'il veut une famille, est-ce que ça veut dire qu'il me veut... moi ?

« Tori, je... j'ai voulu d'une famille – une vraie famille – depuis que je t'ai vue, toi. Une famille dans son intégralité. Je veux m'engueuler avec toi, je veux commander des pizzas à emporter avec toi, qu'on se fasse des câlins sur le canapé. Je veux masser tes pieds quand tu seras enceinte. Je veux être celui qui est là pour te serrer dans ses bras si tu ne tombes pas enceinte. Je veux t'aider dans ta carrière professionnelle. Je veux te voir te déshabiller tous les soirs. Je veux m'endormir entre tes cuisses. Je veux être tout à toi. Et je veux que tu sois toute à moi. »

Il me fixa du regard en remontant ses yeux. Je n'arrivais à ne rien à dire ; je ne savais pas quels mots choisir à ce moment. Alors, nous nous regardâmes par-dessus ma vieille table basse, laissant nos yeux nous caresser mutuellement.

Après quelques instants, Wyatt se pencha en avant dans son siège et renforça son regard sur mes yeux. « Tori, j'ai besoin que tu saches que je t'ai approchée à ton anniversaire non pas parce que tu disais vouloir un bébé, mais parce que c'était la seule manière dont je me voyais avoir une chance avec toi. J'ai voulu être avec toi depuis le premier jour, tu le sais. Le bébé, ça serait un bonus, une superbe cerise sur le gâteau. Mais c'est toi que je veux. C'est avec toi que je veux être. »

Il prit une inspiration pour se calmer, tremblant en passant une main dans ses cheveux pour les plaquer en arrière. Il se frotta sommairement les joues et les yeux, clairement agité par mon manque de réponse. Il attendit un peu plus et se leva, l'air encore plus paniqué et perdu que quand il avait sauté de voiture.

« Je... je dois partir, maintenant ? » demanda-t-il, comme si son cœur allait se briser devant moi si je lui disais oui. Je pris une inspiration profonde et me levai en repoussant mes longs cheveux de devant mon visage.

« Non, Wyatt. Je veux que tu restes. Et ... » Je m'interrompis, incertaine de vouloir me montrer plus vulnérable que je ne l'étais déjà. Mais je pris mon courage à deux mains et continuai, « Et je te veux toi aussi, Wyatt. Vraiment beaucoup, » soufflai-je et je me vis me rapprocher de lui sans y penser. Il perçut mon mouvement et vint à ma rencontre, me prenant dans ses bras sans trop de délicatesse. Mon châle se plaqua contre sa chemise et j'eus l'impression que nos deux personnalités, nos deux mondes, entrèrent un peu en collision l'un avec l'autre. Je me sens chez moi, songeai-je tandis que nous nous serrions dans nos bras, le temps de quelques instants en or.

Quand Wyatt s'écarta de moi et me regarda dans les yeux, la tension précédente et l'angoisse de son visage avaient disparu – effacées par la joie pure que j'y lisais désormais. Ses yeux bleu pétillants auraient fait pâlir de jalousie l'eau la plus claire des océans et je ne pus m'empêcher d'espérer que notre bébé aurait ces yeux. Je me demandai si je devais lui annoncer la nouvelle mais, avant que je ne puisse parler, Wyatt attrapa mon visage dans ses mains calleuses et sa bouche fut sur la mienne avant même que j'ai le temps de respirer. Pas la peine, c'était mieux que l'air de toute façon.

Nous tombâmes l'un contre l'autre, avec le rythme d'un couple qui se connaîtrait depuis bien plus longtemps que nous et je ne pus m'empêcher de sourire. Peut-être qu'on était fait pour ça. La langue de Wyatt était chaude dans ma bouche et il massait ma nuque et l'arrière de mon crâne avec ses mains, les enroulant dans mes cheveux au passage. Mes mains passèrent par ses oreilles, sa mâchoire, son cou, s'attardant sur ses biceps et ses avant-bras avant de se diriger vers son torse. La chaleur de sa bouche était devenue brûlante et je ne pouvais que penser au contact de sa peau pour me rafraîchir.

Je commençai à déboutonner sa chemise et il arrêta de m'embrasser. À travers ses cils dorés et épais, il baissa son regard sur moi. « Tu es sûre ? On n'est pas obligé. Je... Je veux te montrer que ce n'est pas qu'à propos de ça. C'est à propos de toi, » finit-il, en passant ses mains dans mon dos et sur mes bras tendrement. Je lui souris d'un air séduisant et je sentis l'estime de moi que j'avais laissé dans le bureau de Jeff me revenir.

« Et bien, il y a plus d'un moyen de me montrer que tu te soucies de moi, » ris-je en le tirant par les bras à travers ma cuisine. Je marchai à reculons et faisait glisser mes mains sur les boutons de sa chemise et son assurance lui revint une seconde – la même assurance qui nous avait fait arriver dans les toilettes du Country Club, quelques semaines plus tôt. Mon dieu, tellement de choses avaient changé ! Je me demandai brièvement ce qui changerait d'autre dans les mois à venir, mais retournai au présent en apercevant la merveille qu'était le corps de Wyatt.

Sa peau bronzée se devinait entre les boutons et je perdis patience. J'écartai brutalement les deux pans de sa chemise et fus récompensée par une averse de boutons perlés sur le sol de ma cuisine. Wyatt eut un petit rire, comme un aboiement choqué et me regarda d'un air admiratif.

« Vous venez juste de détruire ma chemise préférée,

Mademoiselle Elliott, » dit-il d'une voix traînante en me ramenant vers lui. Il me retourna la faveur en passant mon poncho au-dessus de ma tête et posa les yeux sur le soutien-gorge en dentelle que je portais en-dessous. Je jure que je pouvais sentir la chaleur de son regard mettre le feu à ma poitrine, mes seins, mes tétons… et descendre jusqu'à mon nombril et la zone juste au-dessus de mon pantalon. Son regard de braise était quelque chose d'incroyable à soutenir – comme du feu bleu qui danserait.

« Comment ça, Mademoiselle Elliott ? Tant de formalités, » le tançai-je et je sentis un frisson en voyant ses yeux se durcirent et son visage devenir sérieux. Merde, bien joué, t'as ruiné le moment, Tori ! Wyatt sembla réfléchir quelques secondes, et ses yeux firent des allers-retours entre ses pensées. Il hocha la tête à son attention et s'écarta de moi. Non, non, non, ne t'arrête pas !

Je levai les yeux sur lui, perplexe et ne fut récompensée que par davantage de confusion quand Wyatt s'agenouilla devant moi. Il amena sa tête au niveau de mon ventre et inspira profondément avant de relever les yeux pour me regarder à travers ses longs cils blonds.

« Tori, je dois te demander quelque chose, » murmura Wyatt, avec un air terrifié. Une vague impression de comprendre me traversa et je mis mes mains de part et d'autre de son visage. Qu'est-ce que tu veux dire, Wyatt ? Il embrassa mes deux paumes et chercha quelque chose dans sa poche pour en sortir une petite boîte grise. Putain de merde.

« Wyatt, qu'est-ce qu… essayai-je de l'interrompre, mais il m'ignora.

- Tori, voici la seule chose que j'ai gardée de mon passé et elle n'a rien d'extraordinaire. Je te jure que je t'offrirai une autre bague quand j'aurais le temps. Mais cette bague était à ma mère et je veux qu'elle devienne un symbole de ma vie avec toi. Je veux que tu la portes, en sachant que je ne veux rien de plus que toi. Que c'est toi qui me retient et qui me donne envie d'être un homme bien. » Ses yeux scintillaient d'un air qui me fit mal au cœur quand il tira la bague de son écrin.

Ses mains tremblèrent quand il passa l'anneau d'or tout simple sur mon annulaire gauche et j'étais époustouflée, immobilisée par la surprise. « Tori, veux-tu devenir ma femme ? Est-ce que tu ferais de moi l'homme le plus heureux du monde ? Me ferais-tu l'honneur de me laisser t'appeler Madame Preston ? »

Un sanglot éclata dans ma poitrine et je tombai à genoux devant Wyatt. Tout ce temps, je pensais qu'il ne cherchait qu'une nuit de plaisir. Je pensais que je ne valais rien pour lui. Je n'avais jamais connu ses sentiments, ni même su qu'il voulait tout ça dès son premier jour de boulot. Toutes les choses que je n'avais jamais connues tombèrent sur mes épaules et j'en fus émue aux larmes. J'attrapai Wyatt pour l'étreindre et hochai la tête avec ferveur sur son épaule, incapable de parler.

« Ou... Oui, » me repris-je en bafouillant dans son cou, luttant contre les larmes et me tournant pour le regarder dans les yeux. Le visage de Wyatt s'illumina d'un air que j'aimerai pouvoir revoir tout le temps, encore et encore. De la joie pure exsudait de lui et nous enveloppait dans cette petite bulle, notre bulle. Je ferai tout pour voir la joie intense de cet homme tous les jours pour le reste de ma vie. Nos poitrines reposaient l'une contre l'autre et, tandis que nous retournions au moment présent, je réalisai que nous étions tous les deux à moitié nus dans le couloir.

« Wyatt, emmène-moi en haut, » soufflai-je. Il sourit d'un air obligeant et embrassa le nouvel anneau d'or un peu trop grand sur mon doigt. Il m'aida à me relever, plaça ses mains sur la courbe de mes fesses et me souleva sans effort. Une fois de plus, j'enroulai mes jambes autour de sa taille fine et amenai mes seins presque nus contre son torse. Nos bouches retournèrent à leur endroit habituel, s'embrassant passionnément sans faire grand cas de nos respirations respectives. Tandis que nos corps commençaient à bouger l'un contre l'autre en un rythme sensuel et intime, Wyatt gravit les marches une à une, sans jamais rompre le contact avec mes lèvres ou ma peau.

En haut de l'escalier, Wyatt parvint à ouvrir la porte de ma chambre d'une main, et me laissa retomber sur mon couvre-lit beige, avec une aisance toute virile et, je l'admets, incroyablement sexy. Il se tint au-dessus de moi, la bosse sous son pantalon évidente, et me dit silencieusement, « Enlève ton pantalon, Tori. »

Et je le fis.

8

yatt

Aussitôt que nous entrâmes dans sa chambre, je sentis l'homme des cavernes en moi prendre le contrôle. Cette femme, intellectuelle, éloquente, radieuse, venait juste de dire « Oui. » Oui, elle serait ma femme, oui, elle porterait mon nom. Oui, elle serait mienne. J'allais exploser de joie, elle m'avait tellement rendu heureux. Et après ça, tandis que nous étions étendus sur le lit, épuisés de nos ébats, je réalisai que c'était le début de l'éternité.

Je ne pus cacher mon sourire en roulant sur le dos pour rejoindre Tori, ses cheveux marrons enroulés dans mes mains. Je les repoussai en arrière pour voir ses yeux d'acajou, qui semblait tout simplement rayonner d'énergie – de son énergie – et je me baissai pour déposer des baisers sur son nez, ses joues, son menton.

« Tu me rends tellement heureux, Tori, » dis je sur ses

lèvres quand je retirai les miennes des siennes. Notre baiser était doux, satisfait après nos ébats. Nous nous tenions simplement l'un contre l'autre. Elle caressait doucement mes bras, les yeux fermés sous la sensation de nos peaux jointes. Je regardai ses seins, tous deux chauds contre le haut de mon torse et j'admirai leur courbe. L'angle de sa hanche gauche était exposé sous moi et je passai ma main dessus pour le tracer. Elle était tellement parfaite.

Je retournai mes mains dans ses cheveux et ses yeux s'ouvrirent pour rencontrer mon regard. Je ne pus m'empêcher de me demander si les yeux de notre bébé éventuel seraient marrons ou bleus ? La pensée m'arracha un sourire et je retombai sur le dos, prêt à me réhydrater et à manger quelque chose.

« Tu as faim ? Je suis affamé. On pourrait aller à ce petit restaurant de barbecue, rue... » Je me levai et entrai dans la petite salle de bain adjacente à la chambre pour me soulager. Debout devant les toilettes, je cataloguai mentalement tous les endroits où nous pourrions aller dîner, finis mon affaire et allai me laver les mains.

« On pourrait essayer ce restaurant Thaï, il paraît qu... » commençai-je, mais m'arrêtai d'un coup quand mes yeux se posèrent sur le bord du lavabo. Merde, attends. À côté de la vasque en bronze, il y avait des tests de grossesse, quatre petites croix bleues alignées. Des croix, c'était... Je me retournai d'un coup pour débouler dans la chambre, mais Tori se tenait juste devant la porte de la salle de bain, un air d'espoir mortifié sur le visage.

« Tori, c'est quoi ça ? Est-ce que... ? » Je ne parvins pas à finir ma phrase. Je savais que c'étaient des tests de grossesse et qu'ils étaient positifs. Je regardai les tests, revins à Tori, essayant de mettre mon cerveau à jour de la situation. En quelques secondes, ça me frappa. C'est pour ça qu'elle avait fui. C'est pour ça qu'elle était si en colère quand Jeff lui avait dit que je ne voulais que des enfants.

« Tu le savais ? C'est pour ça que tu as fui ? Tu croyais que je ne voulais que d'un bébé et... et pas de toi ? » parvins-je à dire, en me rapprochant d'elle. Des larmes emplirent ses yeux magnifiques et je détestais y voir de la douleur. « Tori, pourquoi tu ne m'as rien dit ? Depuis quand tu le sais ? »

Sa lèvre inférieure trembla, les larmes tombèrent de ses yeux chocolat une par une, et je les essuyai de la main. Je me rapprochai encore et pris son visage dans mes mains, caressant ses joues du pouce pour la réconforter.

« Bébé, dis-moi à quoi tu penses, » la suppliai-je, en espérant que ça ne venait pas de gâcher les moments fantastiques qu'on venait de passer.

« J'ai fait trois des tests hier. J'ai six jours de retard et c'est anormal, alors je... j'ai fait des tests. Et puis, j'ai appelé la clinique, ce matin, pour a... annuler le rendez-vous. Plus la peine, maintenant, essaya-t-elle de rire, sans vraiment y parvenir. Et puis, j'ai parlé avec Jeff. La suite, et bien, tu la connais, » balbutia-t-elle, et elle vint poser sa tête contre mon torse en signe de défaite.

« Et le quatrième test, » demandai-je, incapable de me retenir. Quatre tests positifs. Oh que oui, fit l'homme des cavernes.

« Oh, je l'ai fait en rentrant, pour m'assurer que rien n'avait changé, fit-elle avec un petit rire en me regardant à travers ses cils mouillés. Et rien n'a changé. Je... je suis encore enceinte. Je vais avoir un bébé. Ton bébé, Wyatt. »

Cette dernière phrase me coupa le souffle et je fis quelques pas en arrière, jusqu'à arriver au niveau de la douche. L'espace d'un instant, Tori eut l'air terrifié, puis je laissai mon sourire se déchaîner. Son attitude changea instantanément et elle sourit d'une oreille à l'autre. Je la pris dans mes bras et l'embrassai sur la tempe, les cheveux, les oreilles, le cou. Je sentis des larmes tomber de mes yeux et se perdre dans ses cheveux châtains, relâchant ce qu'il me restait d'insécurité et de traumatisme de mon passé.

Je passai ma tête à côté de l'oreille de Tori et doucement, le plus doucement du monde, lui murmurai, « Tu es ma famille, Tori. Tu es mon tout. Et maintenant, tu as fait de moi un père. Merci, merci, merci. Je passerai le restant de mes jours à te rendre aussi heureuse que tu l'as fait pour moi. »

Elle se retourna prestement pour me faire face, et je lus du choc et de l'émerveillement dans ses yeux. Les mots qu'elle eût me firent basculer. « Wyatt, mon amour, c'est déjà fait. » Je ne pus me retenir ni moi, ni l'homme des cavernes en moi de crier « Mienne, mienne, mienne ! » quand elle posa mes grandes mains sur son ventre parfait et encore plat. Il y avait une vie qui grandissait là-dedans, une vie qui changerait les nôtres à jamais. Et j'étais tellement, tellement envahi de joie. Je pris ma future femme dans mes bras et l'embrassai aussi passionnément que possible, avant de la pousser en arrière pour retourner vers le lit.

« Tu sais, ce n'est pas parce que tu es enceinte qu'il faut s'arrêter de s'entraîner. Il y aura encore plein de bébés après celui-là, après tout, » lui dis-je en la déposant délicatement sur le lit. J'écartai ses jambes en grand sous moi et caressai la peau de ses cuisses, de son ventre, de sa poitrine. Alors que j'allais la pénétrer de nouveau, je me penchai sur elle et lui demandai, « Tu veux bien t'entraîner avec moi ? »

Tori eut un rire franc et sans aucune retenue et me regarda avec de la joie dans les yeux.

« Bien sûr, » me répondit-elle, avec un sourire élargi. « Pourquoi pas ? »

ÉPILOGUE - WYATT

Wyatt – 8 mois plus tard

JE RENTRAI dans la pièce blanche et stérile de l'hôpital en tenant un autre verre de glaçons pour ma femme et fus frappé par les changements de situation des dernières heures. Nous étions arrivés à l'hôpital en tant que mari et femme et nous repartirions en étant une famille. L'idée me frappa en plein cœur et je me sentis complet, quelque chose que je n'aurais jamais cru ressentir quand j'étais un enfant.

J'ouvris la porte discrètement, en espérant ne pas réveiller Tori ni le bébé... ma petite fille. Avec des yeux comme ceux de sa mère. Tori tenait Annabelle et la regardait comme si elle n'avait jamais rien vu d'aussi beau. Je connaissais ce sentiment, je l'avais ressenti quand j'avais posé les yeux sur ma femme pour la première fois. L'anneau au doigt de Tori reflétait la lumière tandis qu'elle passait délicatement ses doigts sur le crâne du bébé.

Elle leva les yeux sur moi en me voyant arriver et une chose devint parfaitement claire pour moi. Qu'importe tout ce que je pourrais faire, je ne pourrais jamais lui donner autant que ce qu'elle m'avait donné. Mais, aussi longtemps qu'elle voudrait bien me laisser essayer, je continuerai à le faire pour le restant de mes jours.

Je m'assis dans l'inconfortable siège inclinable vert en faux cuir près du lit et je sus que ma joie n'aurait en rien été atténuée si je m'étais assis sur un tas de bois. Tori se redressa pour me laisser prendre le bébé et je bondis de mon siège pour qu'elle n'ait pas à trop bouger. La naissance n'avait pas été facile, mais, mon Dieu, ma femme l'avait supporté comme une championne. Tandis que je prenais Annabelle dans mes bras, je me rassis dans le fauteuil et regardai ma petite fille. En levant les yeux une seconde, je vis la tendresse et l'amour que Tori portait dans ses yeux en nous regardant.

Je clignai des yeux pour chasser les larmes qui montaient et fis « Merci » de la bouche. Elle hocha la tête, s'avança pour me prendre les mains et nous étions une famille dans cette chambre d'hôpital, silencieusement entourée de cet amour que nous avions créé et partagé.

ÉPILOGUE - TORI

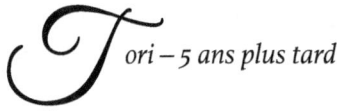
Tori – 5 ans plus tard

ON POURRAIT PENSER qu'après la quatrième grossesse, marcher avec une boule de bowling sous les vêtements deviendrait plus simple. Je ne peux pas voir mes pieds, mais je sais qu'ils sont gonflés et on dirait que quelqu'un essaie de persuader ma colonne vertébrale d'adopter une courbure permanente.

Annabelle joue dans le salon, une petite fille de cinq ans mince avec des cheveux comme ceux de son père – dorés, fins et tellement adorables. Wyatt est assis sur le sol et joue avec Jack, notre garçon de trois ans avec des cheveux plus foncés que les miens, et avec Nathalie, notre petite fille de dix-huit mois qui a les yeux de son père et ma peau.

Le chaos du petit-déjeuner a disparu, les cris se sont dissipés et je profite de ce moment privilégié de calme relatif tandis que je plie la huitième lessive de la journée. Wyatt, dans le salon, prétend renverser Jack, qui rit hystériquement et grimpe sur son père comme sur un cheval. Nathalie les regarde et marche à quatre pattes pour prendre sa peluche favorite de la pile.

Wyatt, même quand il prétend jouer au cheval avec Jack, est toujours tellement délicat. Il est aussi extrêmement patient et reconnaissant de chaque moment qu'il peut passer avec ses enfants. Un mariage peut être difficile et un mariage avec trois – presque quatre – enfants n'est pas plus simple. Mais avec Wyatt, je sais que c'est le bon choix. Comme s'il pouvait entendre mes pensées, Wyatt lève ses yeux bleu océan sur moi, et la lumière du soleil les fait se refléter d'une manière qui les rend absolument irrésistibles.

Il dit quelque chose à Jack, une histoire de pause pour le cheval et s'approche de moi à quatre pattes, au fond du salon. Ses cheveux sont en pagaille et il porte encore son jogging mais, à la manière dont il bouge, je sais qu'il pense à moi. Il y a déjà une petite bosse quand il s'approche de moi et je ne peux m'empêcher de sourire.

Wyatt attrape mes jambes avec ses bras, me forçant à abandonner ma lessive. Je me penche en avant et le prends dans mes bras, respirant son odeur en enfonçant mon visage dans son cou.

Annabelle émet un son qui semble provenir d'une adolescente, se moquant de nous tandis qu'elle rassemble ses affaires d'art très sérieux et fonce vers la cuisine. Wyatt rit sans se retourner pour la voir partir. Il dépose une traînée de baisers depuis mon cou jusqu'à mon ventre énorme, où il plante un baiser sonore sur le pied de notre petit garçon, sous mon tee-shirt. Je sens que le bébé pousse en retour, pour dire bonjour à son papa.

Wyatt reprend ses baisers et laisse des traînées de sensations chaudes le long de la courbe de mon cou, de mon oreille, de mon menton. Enfin, il s'arrête sur ma bouche, me donnant un avant-goût des choses à venir ce soir.

« Tu es magnifique, tu le sais ? » me murmure-t-il à l'oreille tandis que ses mains masculines et fortes caressent mon ventre.

« Tu essayes juste de me mettre dans ton lit, » lui répondis-je, et il me sourit d'un air espiègle. Il repart à quatre pattes pour retrouver nos deux enfants et reprendre le jeu. Mais je ne manque pas le moment où ses yeux se lèvent pour rencontrer les miens.

Wyatt m'adresse un clin d'œil et, par-dessus la tête de Jack, me lance un « Je t'aime » de la bouche, silencieusement.

« Je t'aime aussi, Wyatt, » lui fais-je de la même manière et nous nous regardons tous les deux d'un air radieux.

Je retourne plier les vêtements et songe que peut-être que quatre bébés, ce ne sera pas suffisant.

LIVRES DE JESSA JAMES

Mauvais Mecs Milliardaires

La vierge et le milliardaire

Milliardaire et rockstar

Son milliardaire secret

Pacte avec un milliardaire

Mauvais Mecs Milliardaires - Toute la série

Club V

Dévoilée

Défaite

Percée à Jour

Club V Coffret

Le pacte des vierges

Le Professeur et la vierge

La nounou vierge

Sa Petite Pucelle Dépravée

Le Cowboy

Comment aimer un cowboy

Comment garder un cowboy

Livres autonomes

Supplie-Moi

Fiançailles Factices

Pour cinq nuits et pour la vie

Désir

Mauvais Comportement

Mauvaise Réputation

Chaud comme la braise

Embrasse-moi encore

Dr. Sexy

Un homme à vraiment tout faire

Capture

Contrôle

Convoitise

Fais Comme si J'étais à Toi

Rock Star

ALSO BY JESSA JAMES

Bad Boy Billionaires

A Virgin for the Billionaire

Her Rockstar Billionaire

Her Secret Billionaire

A Bargain with the Billionaire

Billionaire Box Set 1-4

The Virgin Pact

The Teacher and the Virgin

His Virgin Nanny

His Dirty Virgin

The Virgin Pact Boxed Set

Club V

Unravel

Undone

Uncover

Club V - The Complete Boxed Set

Cowboy Romance

How To Love A Cowboy

How To Hold A Cowboy

Treasure: The Series

Capture

Control

Bad Behavior

Bad Reputation

Bad Behavior/Bad Reputation Duet

Beg Me

Valentine Ever After

Covet/Crave

Kiss Me Again

Contemporary Heat Boxed Set 1

Handy

Dr. Hottie

Hot as Hell

Contemporary Heat Boxed Set 2

Pretend I'm Yours

Rock Star

The Baby Mission

À PROPOS DE L'AUTEUR

Jessa James a grandi sur la Cote Est des États-Unis, mais a toujours souffert d'une terrible envie de voyager. Elle a vécu dans six états différents, a connu de nombreux métiers, mais est toujours revenue à son premier amour – l'écriture. Jessa travaille à temps plein comme écrivaine, mange beaucoup trop de chocolat noir, à une addiction aux Cheetos et au café frappé, et ne peut jamais se lasser des mâles alpha sexy qui savent exactement ce qu'ils veulent – et qui n'ont pas peur de le dire. Les coups de foudre avec des mâles alpha dominants restent son genre favori de nouvelles à lire (et à écrire).

Inscrivez-vous ICI pour recevoir la Newsletter de Jessa
http://ksapublishers.com/s/jessafrancais

www.jessajamesauthor.com

www.ingramcontent.com/pod-product-compliance
Lightning Source LLC
LaVergne TN
LVHW011852060526
838200LV00054B/4287